C. H. GUENTER

MISTER DYNAMIT

MITTEN IN DIE STIRN

OERINDUR VERLAG

für Jo Walker

ISBN 3-902291-16-8

Herausgeben von Josef Preyer
Lektoriert von Margareta Lindinger
Printed in Germany
Herstellung: Books on Demand GmbH, Norderstedt

INHALTSVERZEICHNIS

C. H. GUENTER

C. H. Guenter wurde 1924 im Fränkischen geboren. Seine Familie mütterlicherseits stammt aus Frankreich. Das Gymnasium besuchte er in Nürnberg. Er absolvierte das Kriegsabitur und kam 1942 zur Marine, ab 1943 diente er unter anderem der U-Boot-Waffe als Seeoffizier.

Nach dem Krieg begann er für den Erich-Pabel-Verlag in Rastatt zu schreiben.

Er erfand 1959 den New Yorker Privatdetektiv KOMMISSAR X und schrieb zwischen 1959 und 1964 achtundfünzig Heftromane und einundfünfzig Taschenbücher dieser Serie.

Dann kam Bob Urban, alias MISTER DYNAMIT. Zwischen 1964 und 1992 verfasste C. H. Guenter 329 Romane für diese Agentenreihe.

C. H. Guenter veröffentlicht heute seine neuen Romane im Ullstein-Verlag.

Im Oerindur Verlag sind bisher als Nachdrucke erschienen:

KOMMISSAR X:
DREI GELBE KATZEN, 1999.
KOMMISSAR X:
DER MANN AUS DEM NICHTS, 2000.

Als Erstausgabe:
DIE HURE VON TIROL.
Politthriller, 2002.

Die im Oerindur Verlag erschienenen Mister Dynamit-Romane sind deutsche Erstveröffentlichungen.

MISTER DYNAMIT:
JUNGE KOMM NIE WIEDER, 2001.
MISTER DYNAMIT:
DIE JAGD DES TOTEN JÄGERS, 2002.
MISTER DYNAMIT:
DER TEXAS-KONTRAKT, 2003.
2004 als großer Jubiläumsband
MISTER DYNAMIT:
MITTEN IN DIE STIRN.

C. H. GUENTERS 80. GEBURTSTAG

Liebe Leserin, lieber Leser!

C. H. Guenter wird im Jahr 2004 achtzig Jahre alt.

Der Oerindur Verlag veröffentlicht zu diesem Jubiläum einen neuen MISTER DYNAMIT mit vielen Extras.

Das Buch enthält einen autobiographischen Text aus der Hand von C. H. Guenter über Geburtstage im Allgemeinen, seine Frau und einen Porsche im Besonderen.

Barbara Günther-Menrad, die Tochter des Autors, verfasste zu Ehren des runden Geburtstages eine Parodie auf Mister Dynamit, und Jürgen Peters, Universitätsprofessor für deutsche Literatur, auch kein Feind von Bob Urban, schrieb den ultimativen literarische Agentenroman.

Was fasziniert die Leser an den Phantasiewelten und den Phantasiegestalten von C. H. Guenter so, dass sie diesen über Jahrzehnte treu bleiben?

Ich kann in diesem Punkt für mich sprechen: Die Phantasiewelt von C. H. Guenter deckt sich in wesentlichen Punkten mit meiner eigenen. Es ist angenehm für mich, für ein paar Stunden in dieser Welt unterzutauchen.

Es fasziniert mich, wie C. H. Guenter mit der Sprache spielt, aber nie mit seinen Figuren. Die nimmt er so ernst, wie sie es verdienen.

Bob Urban und Kommissar X entsprechen in wesentlichen Punkten ihres Wesens dem Charakter des Autors, sie sind authentische Figuren.

Eine Lebensgeschichte von C. H. Guenter finden Sie in
KOMMISSAR X: DREI GELBE KATZEN, sowie eine Liste aller seiner Kommissar X-Romane.
Eine Liste aller Mister Dynamit-Romane enthält
KOMMISSAR X: DER MANN AUS DEM NICHTS.
Dazu die Biographie anderer KX-Autoren und eine Schreibschule für Romanschriftsteller aus der Hand von C. H. Guenter.
In MISTER DYNAMIT: DIE JAGD DES TOTEN JÄGERS ist ein Beitrag über die Kommissar X-Filme abgedruckt.
Das Extra in DIE HURE VON TIROL ist die Lebensgeschichte von Firuz Askin, von dem viele der tollen Titelbilder stammen.
Und: C. H. Guenter macht weiter, wir machen weiter! Im Juli 2005 gibt es wieder Neues von C. H. Guenter.

Josef Preyer, Oerindur Verlag

MISTER DYNAMIT
MITTEN IN DIE STIRN

DAVON GEHT DIE WELT NICHT UNTER

Als Endstation wurde Sassnitz ausgerufen.

Der Mann, der den Personenzug verließ, war groß und kräftig und ging mit den Schritten eines Soldaten. Er trug Wanderkleidung, dazu einen Bergsteigerrucksack. Der Rucksack, eckig, schwer, aus grobem Segeltuch, hatte als Farbe ein freundliches Grünblau.

Trotzdem war sein Inhalt der gefährlichste, den ein Mann seit Bestehen der Menschheit auf seinem Rücken transportiert hatte.

Gegen den feuchten Seewind marschierte der Mann zum Hafen hinunter, so eilig, als täte ihm die Bewegung gut.

Für die nur fünfzig Schienenkilometer von Stralsund zum Ende der Insel Rügen hatte der Zug länger als eine Stunde gebraucht, hatte zehnmal gehalten, war neunmal wieder angefahren und hatte den Fahrgast kräftig durchgeschüttelt.

Am Hafen, nahe der Anlegestelle der Trälleborg-Fähre, setzte sich der Mann auf eine Bank und wartete.

Den Rucksack klemmte er zwischen die Knie und behielt die Riemen fest in der Hand. Er rauchte eine Zigarette mit langem Pappmundstück.

Immer wieder schaute er auf die Uhr. Sein Geschäftspartner war unpünktlich. 19 Uhr war verabredet. Schon ging es auf 19 Uhr 45, und er war noch nicht zu sehen.

Eine halbe Meile meerwärts tauchten jetzt die Konturen der Autofähre im letzten Sonnenlicht auf. Ihre Aufbauten schimmerten weiß, der Rumpf war dunkel, entweder schwarz oder braun.

Wenig später spürte der Mann mit dem Rucksack, wie sich die Bank bewegte. Jemand hatte sich, ohne zu fragen, ob es erlaubt sei, neben ihn gesetzt.

Der Einheimische sah aus wie ein verwitterter Fischer, Alter mindestens siebzig, also gut dreißig Jahre älter als der Mann mit dem Rucksack.

Ohne die Pfeife aus dem Mund zu nehmen, sagte der Alte:

»Ich sitze jeden Abend da. Immer wenn die Schwedenfähre einläuft.«

Der Jüngere nickte nur.

»Auch im Winter, wenn es stürmt.«

Der Jüngere blickte ihn an und nickte abermals. Das gab dem Alten Mut, weiter zu sprechen.

»Damals im Krieg«, erzählte der Fischer, »fuhr jeden Freitag Abend ein schwerer Mercedes-Kompressor vor. Er kam aus Berlin. Im Mercedes saß eine wunderschöne rothaarige Frau. Wenn die Fähre anlegte, fuhr sie mit ihrem Mercedes an Bord und hinüber nach Trälleborg. Am Montag früh kam sie zurück. Raten Sie mal, wer das gewesen ist!«

»Keine Ahnung.«

Es waren nur zwei Worte, aber selbst diese vier Silben sprach der Fremde mit hartem slawischem Akzent.

Der Fischer nahm jetzt die Pfeife aus dem Mund und grinste.

»Es war Zarah Leander.«

»Die Schwedische Nachtigall?«

»Nee, die Schwedische Bassgeige.« Der Alte grinste. »Sie filmte immer in Berlin und besuchte am Wochenende ihre Familie. Hatte ja alles Prividingsbums, oder wie das heißt.«

Die Fähre war näher gekommen. Ihre Bugwelle fiel zusammen. Die Maschinen hatten die Umdrehungen verringert. Das Schiff lief ein und der alte Mann ging hinüber, um mit den schwedischen Fährleuten zu plaudern.

Lastwagen, Personenwagen und Campingbusse verließen die Fähre, andere fuhren hinauf.

Eine halbe Stunde später, als der 2000-Tonner wieder abgelegt hatte und Richtung Norden über die Ostsee dampfte, saß der Mann mit dem Rucksack noch immer auf der Bank.

Sein Geschäftspartner war noch immer nicht aufgetaucht. Verspätung schon neunzig Minuten.

Er war nicht verärgert, nur ungeduldig. Wenn er Pech hatte, versäumte er den letzten Zug zum Festland.

»Colonel Romanoff?«

Der Araber in Bordkleidung, weißen Jeans, dunkelblauem Rollkragenpullover und Seglermütze, aber zweifelsfrei ein Araber, war von hinten gekommen und sagte auf Englisch:

»Bitte meine Verspätung zu entschuldigen. Auf halbem Weg von Bornholm herüber hatte ich einen verstopften Treibstofffilter.«

Er log gewiss nicht, denn er stank nach dem Gasöl, wie es Bootsdiesel verbrannten.

»Sir!«, grüßte der Russe.

Der Araber deutete auf den Rucksack.

»Haben Sie es dabei?«

»Haben Sie es auch dabei, Sir?«

Der Araber schlug mit der flachen Hand auf seine Brust. Er trug etwas unter dem Pullover.

Sein Haar war heller als bei ihrem ersten Kontakt. Auch den schwarzen Oberlippenbart hatte er sich abrasiert. Man sollte ihn wohl nicht für einen Mann aus Nahost halten. Nur seine Augen waren schwer zu kaschieren. Auch nicht mit Kontaktlinsen. Links hatte er ein kaum bewegliches Glasauge. Ein israelischer Granatsplitter hatte ihm das echte zerfetzt.

Der Araber blieb stehen.

»Erledigen wir es hier oder auf meiner Yacht?«

»Ich habe wenig Zeit, Sir«, sagte der Russe.

»Schön, dann hier. Darf man sehen?«

Der Russe löste die Lederschnalle der Klappe, dann die Schnur, die oben die Rucksacköffnung zusammenhielt. Nachdem er die Öffnung erweitert hatte, schob er noch dicken Schaumstoff zur Seite.

Der Araber schaute hinein. Etwas Kugelig-Spitzes in Messinggelb stach ihm entgegen.

»Kaliber hundertzwanzig Millimeter«, erklärte der Oberst, »Haubitzengranate.«

»Die Spezifikation stimmt ebenfalls?«

»Ja, Klasse A, Sir.«

»Gewicht?«

»Siebzig.«

»Kilo?«

»Ja, Kilo. Teile des Inhalts sind doppelt so schwer wie Blei, Sir.«

»Ich werde es tragen können.«

»Da bin ich sicher.«

Während der Rucksack wieder verschnürt wurde, zog der Araber einen dick gepolsterten Umschlag aus Natronpapier unter dem Pullover hervor.

»Eine Million Mark in Tausendern.«

Oberst Romanoff prüfte eines der Bündel, dann die Zahl der Bündel. Es waren zehn à hundert.

»In Ordnung, Colonel?«

»Eine Quittung, Sir?«

»Darauf können wir wohl verzichten«, meinte der Araber.

Der Rucksack samt Inhalt gehörte jetzt ihm.

»Und wie«, fragte der Käufer, »wie geht man damit um?«

»Wie mit jeder anderen Haubitzengranate auch. Rein ins Rohr, Verschluss zu und abziehen. Der Zünder schärft sich durch die Drehung nach Verlassen des Rohres.«

Vom Bahnhof her pfiff der Triebwagen.

»Ich muss los«, sagte der Russe.

Er half dem Araber noch den Bergsteigerrucksack zu schultern. Der Araber stöhnte.

»Probleme?«, fragte der Oberst.

»Was mich betrifft nie.«

»Und mit dem Zoll?«

»Ich schenke jedem der Burschen eine goldene Rolex mit Brillanten.«

»Echte?«

»Wo denken sie hin. Aus Hongkong, fünfzehn Dollar das Stück. Die kneifen dafür alle Augen zu.«

Außerdem war es jetzt dunkel.

Während der Russe zum Bahnhof eilte, konnte er den Araber auf dem Weg zum Fischerhafen nicht mehr sehen.

Seinen Zug sah er aber auch nicht mehr. Die Rücklichter des letzten Wagens verschwanden in der Ferne. Er fluchte leise. Doch der Gedanke an die Million beruhigte ihn rasch wieder. War ein rundes glattes Geschäft gewesen. Und ein Hotelbett würde sich finden lassen.

Oberst Romanoff hatte schlecht geschlafen. Abgesehen davon, dass der Regen die ganze Nacht auf ein nahes Blechdach getrommelt hatte, hatte es auch an den Heringen in Marinade mit zu vielen Zwiebeln, Gurken und schwerer Mayonnaise gelegen.

Er nahm am Morgen den ersten Zug. Die Insel Rügen lag unter nebligem Dunst. In einer Stunde würde er drüben in Stralsund seinen Lada besteigen. Dann war die Sache endgültig gelaufen.

Die kleine braune Limousine hatte er absichtlich in Stralsund zurückgelassen. Sie trug Moskauer Kennzeichen, und das ovale internationale SU-Schild. Damit wäre er auf der Insel nur aufgefallen. Auffallen war etwas, das der Artillerie-Oberst gerne vermied.

Von Westen her klarte es auf. Sogar die Sonne kam durch. Als der Zug von Rambin in Richtung Dänholm schaukelte, stand die Sonne am blauen Himmel.

Mit nur wenigen Minuten Verspätung kam er in Stralsund an.

Der Oberst stieg aus, ging durch die alten Backsteingebäude hinaus über den Bahnhofsplatz, wo sein Lada parkte.

Erschrocken blieb er stehen. Er sah eine Menge Leute, ein Polizeifahrzeug und einen Feuerwehrwagen.

Langsam den Platz überquerend, näherte er sich der Ursache des Auflaufs. Als er sah, um was es ging, fluchte er auf Russisch leise »Scheiße!«

Wo sein Lada geparkt war, stand ein Wrack aus zerfetztem, verglühtem Autoblech. Es stank nach dem verbrannten Lack, nach verbrannten Polstern und Reifen und nach geschmolzenem Kunststoff.

Er wandte sich an einen der Gaffer, wobei er seinen Akzent zu überspielen versuchte.

»Was ist da passiert?«

»Sehen Sie doch.«

»Unfall?«

»Ja, mit einem Sprengsatz.«

»Wann?«

»Gegen Mitternacht, meinen die Polizisten.«

Der Mann ging weiter und der russische Offizier auch.

Zum Teufel und verdammt, dachte er. Wenn die Sprengladung um Mitternacht hochging, dann hätte es dich während der Rückfahrt erwischt. Glatt, kurz und schmerzlos.

Die Papiere lagen zum Glück nicht im Wagen. Aber anhand der Kennzeichen würden sie den Eigentümer identifizieren. Die Farbe am Kennzeichen war zwar zerschmolzen, aber nicht die Prägung im Blech.

Mist verdammter, dachte er im Weitergehen. Jemand ist hinter dir her. Wer hat es auf dich abgesehen? Ein Zufall, eine Verwechslung war das nicht.

Romanoff ging in ein Frühcafé, bestellte Tee und Wodka. Den Tee nur pro forma.

Was nun, überlegte er. Wie geht es weiter? – Denk logisch mit klarem Kopf, Mann!

Eines wusste er. Jetzt kam es nicht auf jeden weiteren Schritt, sondern auf jeden weiteren Zentimeter an. Womöglich auf jeden Atemzug.

Um 11 Uhr 22 fuhr er mit der Reichsbahn-Ost über Greifswald, Neustrelitz, Oranienburg nach Berlin.

ES LEUCHTET DIE ALTE ROLEX

Kurz vor Mitternacht war die viertürige braune Lada-Limousine mit Moskauer Kennzeichen auf dem Platz vor dem Bahnhof in Stralsund explodiert. Die Detonation einer Sprengladung hatte die ganze Gegend erschüttert.

Wenige Stunden später war das Wrack abgeschleppt worden. Eiligst herbeigerufene Experten des Bundeskriminalamtes und vom Verfassungsschutz begutachteten es.

Die Militärpolizei der Reste der Roten Armee auf deutschem Boden zu verständigen wollte man zunächst vermeiden.

»Tote?«, fragte der Mann vom BKA.

»Keine, laut Protokoll.«

»Sprengstoff?«

»Ohne der Laboruntersuchung vorzugreifen, vermutlich SEMTEX.«

»Warum ausgerechnet immer dieses tschechische Dreckszeug?«

»Weil alles andere nicht so verheerend wirkt.«

»Spuren?«

»Kaum. Im Kofferraum verglühtes Werkzeug, Wagenheber und Ersatzrad. Auf den Beifahrersitz tropfte geschmolzener Kunststoff, vermutlich eine Reisetasche aus billigstem Material. Etwas, aus dem man Kaufhaustüten macht.«

»Im Handschuhfach?«

»Bis auf das Gehäuse einer Blechtaschenlampe ist alles unkenntlich.«

»Türtaschen?«

Der Experte grinste und machte eine Bewegung mit beiden Händen.

»Was auch immer, alles atomisiert.«

»Kennzeichen?«

»Sind von der besseren Variante. Nicht handgemalt, sondern geprägt. Der Wagen ist im Distrikt Moskau angemeldet.«

»Kraftfahrzeughalter?«

»Das wird noch überprüft.«

»Und das eckige Blechschild da?«

»Es weist darauf hin, dass das Auto einem Soldaten der Roten Armee gehört.«

Später kam einer und zeigte ihnen etwas, das er unter Asche und Dreck am Wagenboden gefunden hatte. Es war eine Pistole.

»Hersteller Makarow, Kaliber 7,65. Armeeausführung.«

»Was ist mit der Nummer?«

»Angeschmort, aber die kriegen wir heraus. Doch ob sie uns weiterhilft? Die Registriergepflogenheiten der Roten Armee sind eher unzuverlässig.«

»Trotzdem«, forderte der Mann vom BKA, »versucht es trotzdem.«

Sein Kollege vom Verfassungsschutz schimpfte:

»Immer dieser Ärger mit den Iwans. Entweder ist es Schwarzhandel, Wodka oder Eifersucht.«

»Hier liegt etwas anderes vor, fürchte ich«, meinte der Mann vom BKA.

»Verflucht und zugenäht, leider ja. Wir sollten es der Iwan-Polizei überlassen.«

»Und die schiebt es wieder zu uns herüber. Es geschah weder auf einem Kasernengelände noch auf einem Truppenübungsplatz.«

»Zum Teufel, was suchen die überhaupt noch in der Bundesrepublik?«

»Fragen Sie die oberschlauen Väter des Truppenvertrages in Bonn. Ich glaube, die Russen durften noch drei Jahre hier bleiben.«

»Mahlzeit!«, sagte der Mann vom Verfassungsschutz. »Diese Pest.«

»Vielleicht hat der Fall grenzüberschreitende Auswirkung.«

»Wir haben den BND verständigt.«

»Den Bundesnachrichtendienst«, sagte der andere. »Mir wird gleich schlecht.«

Gegen Mittag kam ein stinkendes Zweitakter-Wartburg-Taxi angetuckert.

»Bis man euch findet«, rief der gut aussehende BND-Agent.

»Einer wie Sie, Bob!«, meinte der Verfassungsschützer, der Urban angerufen hatte, »schafft alles.«

Oberst Urban schlich um das Wrack herum, schaute hinein und besah sich die Reste in der Polizeigarage. Er tat dies zwar professionell genau, aber mit so viel Abstand, dass seine Maßklamotten, die dunkle Hose, der helle Glenchecksakko, die Manschetten des Seidenhemdes nicht darunter litten. Um die Ölpfütze in der Garage machte er einen Bogen. Altöl schätzten die Sohlen seiner Gucci-Slipper nicht.

Als er genug gesehen hatte, meinte er:

»Weiß gar nicht, was ich hier soll.«

»Wir hatten von Anfang an den Verdacht«, sagte der spitznasige Verfassungsschützer, »dass hier eine Menge faul ist.«

»Ein Lada«, fasste Urban zusammen, »auf dem Gebiet der Ex-DDR. Fahrzeughalter ein Russe.«

Früher waren diese Leute Bürger der Sowjetunion gewesen. Aber die gab es nicht mehr. Also verwendete man wieder die Bezeichnung Russe.

»Ein russischer Offizier.«

»Rote Marine?«

»Nein, Heer oder Artillerie. Das haben wir inzwischen ermittelt.«

Der Mann vom Bundeskriminalamt, ein eher behäbiger Oberamtmannstyp, hatte die Daten nach Mainz telefoniert. Seine Behörde hatte sich mit der sowjetischen Militäradministration in Verbindung gesetzt. – Dann war alles sehr rasch gegangen.

»Wie Ruckzuck«, sagte der Bundeskriminaler. »Der Wagen ist auf einen Oberst Romanoff registriert.«

»Igor?«

»Nein, Petar.«

»Petar der Große Romanoff«, bemerkte Urban.

»Vielleicht ist er mit Zar Peter verwandt. Soll es ja geben. Er ist Oberst der Artillerie. Stationiert in Döberitz bei Berlin. Er hat sich für ein paar Tage beurlaubt und ist bis jetzt nicht in seine Kaserne zurückgekehrt.«

»Wird das in Döberitz überprüft?«

»Sie verhören seine Ehefrau.«

Urban wanderte noch einmal um die Lada-Trümmer herum.

»Romanoff hatte offenbar Glück. Er saß nicht drinnen, als das Ganze hochging.«

»Nein, wir fanden keine Skelettsplitter. Aber warum ging es hoch?«

»Wurde ich deshalb gerufen?«, vergewisserte Urban sich.

Sie sagten nicht ja und nicht nein.

»Wir dachten, der Fall habe möglicherweise grenzüberschreitenden Charakter. Dann, so dachten wir weiter, melden wir uns besser gleich zu Anfang, damit hinterher in Pullach keiner sagen kann, jetzt ist es zu spät.«

»Bei diesem Stand der Ermittlungen«, meinte Urban, »ist es jedenfalls zu früh. Wer schreit denn als Erster, wenn wir im Inland tätig sind. Doch immer der Verfassungsschutz.«

»Inland, Inland«, entgegnete der vom Verfassungsschutz, »das hier sind die neuen Ostprovinzen.«

»Aber nicht Ausland, oder?«, bemerkte Urban ironisch.

»Klar, Ausland ist für Sie nur, wo die Sonne scheint und die Palmen rauschen und die Mädchen nackt sind.«

»Wann immer es möglich ist«, bekannte Urban.

Er las noch die Protokolle. Nur aus Interesse, nicht aus Zuständigkeit. Dann bekamen sie im Büro des Kripochefs noch Kaffee und Wodka.

Der Kripochef von Stralsund musterte Urban durch seine Brille und fragte:

»Wo findet man so einen feschen Sakko?«

Da Urban nur lächelte, antwortete der BKA-Beamte für ihn.

»In London. Saville Row. Das Hemd lässt er von den kleinen flinken Fingerchen indischer Waisenkinder nähen. Für den Stoff müssen Tausende von armen Seidenraupen ihren Kokon hergeben.«

»Und das Kalbsleder der Schuhe wird von neapolitanischen Jungfrauen weich gekaut«, ergänzte Urban. »Bloß keinen Neid, Freunde.«

»Und wir kaufen unsere Klamotten bei C&A«, sagte der Verfassungsschützer. »Im Ausverkauf.«

»Wenn es hochkommt«, bestätigte der Kollege aus Mainz.

»Aber meine Anzüge nimmt nach zwanzig Jahren noch die Kleidersammlung«, betonte Urban.

»Was? So lange tragen Sie die?«

»Das ist der Unterschied«, sagte Urban. »Wie zwischen Rolls-Royce und Trabi. Am Ende spart man beim Teueren sogar noch.«

Am späten Nachmittag flog Urban nach München zurück.

Für die neunhundert Kilometer von der Ostsee bis zu den Alpen brauchte die zweimotorige BND-Cessna satte drei Stunden.

Der BND-Chefpilot, Oberstabsfeldwebel Bubi Spiegel, der sich mit Urban am Doppelsteuer abwechselte, sagte:

»Du kannst von Massel reden, wenn sie uns in Riem noch hereinlassen.«

Spiegel war über viele Dinge im BND besser unterrichtet als mancher Abteilungsdirektor. Das lag an seiner Neugier.

»Was war los?«

»Fehlalarm.«

»Also garnixer als nix.«

»Die Karre von einem Rote-Armee-Oberst flog in Fetzen. Vermutlich durch eine Autobombe. Vom Insassen keine Spur. Täter und Motiv unbekannt.«

»Cherchez la femme«, sagte Spiegel. »Sind ja doch immer die Weiber schuld.«

»Sie überprüfen es.«

»Und dann?«

»Dann«, Urban ging tiefer, denn sie hatten die Donau schon überflogen, »war es vielleicht Eifersucht, oder ein Racheakt. Bloß nichts Politisches, bitte.«

Sie hielten sich längs der Autobahn. Unten herrschte viel Betrieb heute. Zwei Lichterketten bewegten sich nach Süden und nach Norden.

Spiegel wickelte den Sprechfunkverkehr mit Riem ab.

»Sie lassen uns noch rein.«

»Was für eine Gnade.«

»Demnächst landen wir auf dem neuen Großflughafen in Freising. Der soll nachts offen bleiben.«

»Nur mögen sie dort keine kleinen Flugzeuge.«

»So winzig sind wir gar nicht.«

»Auch keine Privatmaschinen.«

»Als ob wir in dieser Mühle jemals auch nur eine Luftmeile privat hinter uns gebracht hätten.«

Urban übernahm den Landeanflug. Riem war noch nicht zu sehen.

Im Cockpit waren alle Lichter bis auf die der Instrumentenbeleuchtung aus. Urban machte am Steuer eine ausholende Bewegung nach rechts. Dadurch musste er den linken Arm verlängern. Sakko und Manschette rutschten ein Stück hoch. So kam das Handgelenk frei, und damit seine alte Stahlrolex.

Nur aus den Augenwinkeln warf Urban einen Blick darauf.

»He, was ist das?«

»Was ist was?«

Urban nahm die Hand vom Steuerhorn und hielt das Gelenk mit der Uhr Spiegel entgegen.

»Gleich zweiundzwanzig null.«

»Das konntest du glatt ablesen?«

»Bin ich blind?«

»Sogar im Dunkeln ohne Licht?«

»Zeiger und Ziffern strahlen wie frisch geputzt.«

Urban saß da und dachte angestrengt nach.

»Genau das ist es«, sagte er. »Ich besitze die Uhr seit zwanzig Jahren. Die Leuchtfarbe an Zeigern und Ziffern ist schon so kraftlos und müde, dass ich daran dachte, mir ein neues Zifferblatt einsetzen zu lassen. Wenn ich nachts aufwache …«

»Das müssen alle alten Knaben immer öfter.«

»Du musst es ja wissen. Also, wenn ich nachts erwache und wissen möchte, wie viel Uhr es gerade ist – ich vergleiche die Original-Zeit gerne mit meiner Schätzung – dann kann ich die Uhr nicht ablesen. Selbst dann nicht, wenn ich sie an meine Augen halte. Ich muss stets Licht machen. – Und nun, mit einem Mal, dieses grüne Prachtfeuerwerk.«

»Sie lag in der Sonne und hat aufgetankt«, vermutete Spiegel.

»Und wann war heute Sonne, bitte?«

»Vielleicht ist das Licht im Norden kräftiger.«

»Hör zu«, sagte Urban. »Wenn ich diese Uhr Sonnenlicht aussetze, wirkt das bestenfalls eine halbe Stunde nach. Aber jetzt glüht sie wie der Teufel.«

»Sagen wir, wie eine Großfamilie von Glühwürmchen«, schränkte Spiegel ein.

»Und warum bitte, tut sie das?«

Von Riem kam jetzt die Landebahnbefeuerung in Sicht. In weitem Bogen holte Urban nach Osten aus und leitete den Endanflug ein. Klappen, Fahrwerk, drosseln, dann noch einmal Vollgas. Aufsetzen und ausrollen.

Bei den Hangars für Privat- und Geschäftsmaschinen hatten sie den Dienstwagen stehen.

Sie fuhren nach München hinein, gingen in Schwabing noch ein Glas trinken. Dabei vergaß Urban das Leuchtziffergeprassel seiner Uhr völlig. Auch Spiegel befasste sich weit mehr mit der Hügellandschaft der Blondine hinter der Bar.

Urban dachte auch später nicht mehr an das Phänomen mit der reaktivierten Leuchtfarbe seines Uhrzifferblattes.

Es fiel ihm erst wieder ein, als es fast schon zu spät war.

GEIGERZÄHLER IRREN NICHT

Bei Ramat Shalom an den Golanhöhen lag das nördlichste befestigte Grenzfort der Israelis. Sein Vorhandensein tat den Syrern nicht nur im Herzen weh, es steigerte ihren Hass bis zur Weißglut. Denn dieser Kibbuz lag nur knapp achtundfünfzig Kilometer von Damaskus, ihrer Hauptstadt, entfernt.

Zwar trennten Ramat Shalom und Damaskus die Golanhöhen, Wüste und ganze Welten, aber es gab Ferngeschütze, die schossen so weit. Von Raketen ganz abgesehen.

Doch die Israelis erwiderten jeden Schuss, und kam er auch nur aus einem Gewehr von jenseits der Grenze herüber, mit eins zu zehn.

Davor hatten die Syrer Angst. Solche Scharmützel schaukelten sich auf. Im Nu war Krieg, und im Nu war die beste Armee von Nahost, die Israels, tief drinnen im Land.

Aber die Syrer hatten nicht alles unter Kontrolle. Es gab die PLO und die Palästinenser, die Gruppe Grüner Halbmond, die Fedajin und noch andere Kommandos, und die machten meist, was sie wollten.

Eines Nachts riskierten sie wieder einen ihrer Überraschungsanschläge.

Unter der Leitung eines gewissen Abu al Jades lief das Unternehmen an.

Kaum war es dunkel, ließen sie den Motor eines Halftraks, eines Halbkettenfahrzeugs, an. Es stand unter einer Tarnplane in der Wüste auf der Straße nach Kuneitra.

Auf den russischen Halftrak hatten sie eine Haubitze montiert, ein Feldgeschütz. Sein langes Rohr vom Kaliber 12 Zentimeter ragte weit nach hinten.

Besetzt mit vier Mann und dem Kommandante rollte der Halftrak durch die Finsternis. Sie hatten sich extra eine Neumondnacht ausgesucht, eine Nacht mit bedecktem Himmel, also ohne das Restlicht von Sternen.

Das Halbkettenfahrzeug rollte nach Westen. Dabei hielt es sich weitab von den Patrouillen der syrischen Grenzeinheiten.

Gegen Mitternacht erreichte es einen von Spähern der Palästinenser markierten Punkt. Der Punkt lag auf einem jener sanften Hügel, die erst allmählich, dann abrupt vom Golan ins Jordantal abfielen.

Der Halftrak wendete und fuhr rückwärts in die vorgesehene Position.

Der Kommandante sagte:

»Der Kibbuz liegt jetzt genau vor uns.«

»Entfernung?«

Abu al Jades griff sie auf der Karte noch einmal ab.

»Neunzig vier null.«

»Glatte neun Kilometer, also.«

»Neuntausendvierhundert Meter präzise.«

Nun wurde das Geschütz so eingerichtet, dass es nach der Wasserwaage absolut gerade stand.

Das Rohr wurde in eine für Neunviernullnull nötige Überhöhung gekurbelt. Dann begann die Feinkorrektur nach der Gradzahl.

»Männer«, sagte der Kommandante, »vergesst nicht, wir haben nur einen Schuss.«

»Eigentlich«, meinte der Artilleriespezialist der Einheit, »braucht man mindestens vier Schuss, um ein Ziel zu treffen und einen vorgeschobenen Beobachter, der meldet: zu weit, oder zu kurz, mehr links oder mehr rechts.«

»Ihr habt Zeit zum Einrichten. Also leistet Uhrmacherarbeit!«, forderte Abu al Jades.

Sie machten es so genau wie überhaupt möglich.

Dann maßen sie den Wind und berücksichtigten auch die Lufttemperatur und die Luftfeuchtigkeit.

»Wie kommt es«, fragte der Fahrer des Halftrak, »dass man bei Kälte anders schießt als bei Hitze, bei Tag anders als bei Nacht und bergabwärts anders als bergaufwärts?«

»Lass uns ein paar Geheimnisse«, bat der Artillerist, ein Mann, der bei der Roten Armee ausgebildet worden war, deren Artillerie als eine der besten der Welt galt.

Endlich meldete der Geschützführer:

»Rohr klar!«

Einem mit Schaumstoff ausgepolsterten Blechkasten, er glich mehr der Wiege für ein krankes Baby als dem Transportbehälter für eine Granate, entnahm der Kommandante das Geschoss.

Es hatte einen Durchmesser von hundertzwanzig Millimeter und besaß im Vergleich zu anderen Artilleriegranaten, eine ungewöhnliche Spitze.

Sie war stumpfer, fast wie der Zwiebelturm einer alten Kirche. Sie war auch ungewöhnlich lang, denn sie trug in sich bereits die zum Antrieb nötige Menge Treibstoff. Offenbar war das bei diesem System nötig.

Man konnte also auf die übliche Kartusche verzichten.

Das Ding, eine Kombination aus Messing und Kupfer, war hochglanzpoliert wie ein Schmuckstück in einer Auslage von Tiffany's.

Mit größter Vorsicht, so wie er die Granate von Rügen auf Umwegen von Tausenden von Kilometern hierher gebracht hatte, schob der Kommandante sie bei geöffnetem Verschluss in das Rohr der Haubitze. Nicht ohne sie vorher zu küssen und feierlich ein paar Koranverse über sie zu sprechen. Dann drückte er die Granate ins Rohr, bis sie in den Zügen festsaß. Der Verschluss klickte zu.

»Gespannt und gesichert!«, meldete der Artillerist.

Letzte Kontrolle, letzte Feinmessung, dann der Blick auf die Uhr.

»Wir senden sie ihnen zur ersten Minute des Tages, an dem ihr Fest beginnt.«

»Welches?«

»Irgendein religiöses.«

»Flugzeit?«

»Nach meiner Berechnung zwanzig Sekunden.«

Dann war es soweit.

Der Geschützführer stand wartend da.

Der Kommandante befahl:

»Schutzmasken auf!«

Sie lagen bereit und jeder stülpte sie über.

»Schutzbrillen auf!«

Jeder zog die Augengläser über die Schutzmaske.

Abu al Jades wandte sich an den Fahrer:

»Sobald der Schuss raus ist, sofort anlassen und ab mit Karacho!«

»Ist klar, Kommandante.«

Der Kommandante hielt in der Rechten die Stoppuhr. Die Linke hob er langsam hoch.

Wenige Sekunden nach Mitternacht gab er das Zeichen.

Er ließ den Arm fallen.

Der Geschützführer betätigte mit der Leine den Abzug.

Der Schlagbolzen traf das Zündhütchen am Granatenboden.

Die Treibladung explodierte und jagte die Granate aus dem Rohr.

Das Rohr haute durch den Rückstoß nach hinten. Es war, als würden sie das Geschoss fliegen sehen.

Schon sprang der Motor an. Der Artillerist kurbelte das Rohr nach unten, arretierte es und ging in Deckung.

Der Fahrer haute die Gänge hinein, gab Gas. Der Halftrak rumpelte aus der Stellung heraus.

Während die Granate zum Ziel flog, waren sie schon in voller Fahrt. Noch bevor die Granate am Ziel einschlug, wirbelten die Ketten des Halftrak soviel Sandstaub hoch, dass es nach Westen keine Sicht gab.

Der Kommandante, neben dem Fahrer sitzend, starrte auf seine Stoppuhr. Zwanzig Sekunden waren um.

»Jetzt!«, schrie er.

Im Wagen war es so laut, dass man den Einschlag drüben im Grenzkibbuz kaum hören konnte. Es gab aber nicht den erwarteten grellen Superblitz eines Ferngewitters und auch kein Erdbeben.

»Der Golan scheint alles geschluckt zu haben«, sagte der Kommandante. »Und nun quetsch aus der Kiste raus, was drinnen ist, ehe die Hölle uns einholt.«

In dem israelischen Grenzkibbuz bei Ramat Shalom herrschte nächtliche Stille.

Alle Siedler schliefen in ihren Häusern. Nur in der Kraftstation ratterte der Diesel für Strom und für die Pumpen, die nachts die Hochbehälter mit Wasser füllten.

Ein Mann ging schwer bewaffnet und mit Hund seine Streife.

Vor den Palästinensern war man in Sichtnähe der Grenze nie sicher.

Der Wächter blieb wenige Minuten vor Mitternacht stehen, um sich eine Zigarette zu drehen und sie anzustecken. Als er das Streichholz abriss, ging er in Deckung, um eventuellen Terroristen kein Ziel zu bieten.

Plötzlich hallte aus der Ferne ein dunkler Knall, der sich wie ein Abschuss anhörte. Der Posten lauschte ihm nach und ging dann weiter.

Wenige Sekunden später vernahm er das typische Heranorgeln einer Granate, dann das Pfeifen, ehe sie einschlug.

Er warf sich hin, wartete an die Erde gepresst, die Arme schützend im Nacken.

Das Pfeifen wurde schrill. Also kam ein schweres Ding heran. – Und dann der Einschlag.

Doch er war anders als üblich. Nur ein harter dumpfer Gong, wie wenn ein

Hammer gegen eine hölzerne Kiste traf. – Kein Blitz, keine Explosion. Nichts sonst. Nur dieser merkwürdige Gong.

Offenbar blieb es bei diesem einzigen Schuss.

Im Nu entstand Leben im Kibbuz. Die Lampen gingen an, die Tiefstrahler, die Sirenen. Kaum bekleidete Männer, Frauen und Kinder stürzten aus ihren Häusern. Erst Geschrei und Panik, dann beängstigende Stille.

Der Wachposten näherte sich dem Zentrum des Kibbuz und war ebenso überrascht wie alle anderen.

Eine Granate hatte im Kindergarten eingeschlagen. Doch der war um diese Zeit leer. Die Granate hatte das Dach durchschlagen, war dann irgendwo abgeprallt, war durch ein Fenster ins Freie gefetzt und lag nun in einer Mulde, halb von Dreck bedeckt.

Der Kibbuzälteste ließ die Stelle absperren.

»Blindgänger«, sagte der Jom-Kippur-Veteran, »mindestens hundert Meter Abstand halten! Dass mir keiner näher rangeht.«

Er eilte in sein Kibbuzbüro und rief eine Nummer an, die er verständigte, wenn es Angriffe gab, oder wenn sie einen erwarteten.

Er fasste sich kurz.

»Granateneinschlag – Blindgänger.«

Der Mann in Tel Aviv bat um Einzelheiten.

»Wann war das?«

»Eine Minute nach Mitternacht.«

»Warum ein Blindgänger?«

»Alles was herunterkommt und nicht explodiert, ist ein Blindgänger. Oder?«

»Art der Granate?«

»Schwere Haubitze, Kaliber hundert bis hundertzwanzig Millimeter.«

»Form?«

»So was habe ich noch nicht gesehen. Mit einer kugeligen Spitze. Aber nicht langspitzig, sondern eher kugelspitzig. Und für eine Granate ist sie ziemlich lang ausgewachsen.«

Der Mann am Alarmtelefon in Tel Aviv, der Kibbuzleiter, man wusste nicht genau, gehörte er der Armee an oder dem Geheimdienst MOSSAD, erklärte, er wolle sich sofort darum kümmern.

»Am besten, Sie evakuieren«, riet er.

»Vierhundert Menschen?«

»Besser als vierhundert Tote. Oder?«

»Wegen einer müden Artilleriegranate.«

»Was weiß man«, sagte der Mann in Tel Aviv. »Merkwürdige Ausformung, nur ein Schuss und Blindgänger. Vielleicht hat sie einen Zeitzünder.«

»Bei Gott«, sagte der Älteste im Kibbuz, »wir evakuieren. Aber die Experten sollten rasch antanzen.«

»Sind schon unterwegs«, versprach der Mann am Alarmtelefon in Tel Aviv.

Es war gerade hell, da landeten die Hubschrauber.

Das Team bestand aus Artillerieexperten der Armee und Leuten vom Geheimdienst.

Sie beäugten den Blindganger aus Distanz. Dann machte sich einer daran ihn zu säubern, näher zu untersuchen und auch zu drehen.

»Komisches Ding«, sagte er und zeigte auf die Gravierung.

»Was bedeutet das?«

»Ein Waffencode der Russen. Hammer und Sichel und Prägung CPXXX.«

»Was noch?«

»Gefällt mir aber schon gar nicht, das Ding.«

Ein wenig ratlos rief der Fachmann einen anderen herbei.

»Bring mir einen Geigerzähler!«

Es dauerte etwas, bis das Gerät zur Stelle war. Sie legten es an. Der Geigerzähler begann zu toben.

»Das gibt es nicht.«

»Was gibt es nicht?«

»Extreme radioaktive Strahlung.«

»Und das bedeutet was?«

»Das Vorhandensein von hoch angereichertem Uran oder Plutonium.«

»Unmöglich!«

Der Experte tupfte den Schweiß von seiner Stirn.

»Geigerzähler irren nicht. Das ist eine russische Atomgranate.«

»Die sind bei der Roten Armee unter Verschluss wie bei uns das Davidsgrab.«

»Kein Zweifel.«

Der Mann vom Geheimdienst entschied:

»Kein Wort darüber. Alles ist ab sofort top secret.«

Unter strengsten Vorsichtsmaßnahmen wurde die schlafende Atomgranate vom Kaliber 120 Millimeter aus der Mulde gegraben und abtransportiert.

Sie kam in einen Bunker der Armee und von dort in das Labor der israelischen Atomfabrik in Dimona.

Das MOSSAD-Hauptquartier in Tel Aviv berief eine außerordentliche Sitzung des Sicherheitsrates ein.

Dem Vortrag des MOSSAD-Generals Jonas Ammon folgte eine heftige Diskussion mit hundert Fragen und Antworten.

»Ist es wirklich eine Atomgranate sowjetischen Ursprungs?«

»Ganz ohne Zweifel. Laut Computerausdruck über sowjetische Waffenspezifikationen hat sie eine Wirkung von nullkommasechs Megatonnen.«

»Genug, um eine Stadt wie Nazaret dem Erdboden gleichzumachen. Wir hatten traumhaftes Glück, dass sie nicht detonierte.«

»Vermutlich ein Bedienungsfehler«, sagte ein Artillerieoffizier. »Die Dinger sind, was die Funktion betrifft, so sicher wie sibirische Dorfrechenmaschinen.«

»Die Schweine, die uns diesen Satansgruß sandten, kamen trotzdem nicht klar damit.«

»Nun«, erklärte der Artillerieexperte, »man muss einige Punkte beim Abschuss berücksichtigen und ich nehme doch an, dass man sich danach richtete. So ein Ding ist zwar unkompliziert, aber nicht irgendein Fuzzikram aus der Wundertüte.«

Einer fragte:

»Wer kommt als Absender in Frage?«

»Der Abschuss erfolgte von jenseits der syrischen Grenze. Die Syrer geben allen, die unsere Feinde sind, eine Heimat. Von der PLO bis zu den extremen Schiiten.«

»Damit wäre der Absender einzukreisen.«

»Man kann davon ausgehen, dass er über das nötige Kapital verfügt. So eine A-Granate ist unter einer Million Dollar kaum zu kriegen. Wenn überhaupt.«

»Okay. Wenn also überhaupt, dann von wem?«

Die Antwort war Schweigen. Bis einer aus der Operationsabteilung seine private Meinung ausdrückte.

»Teile der Roten Armee in den ehemaligen Warschauer-Pakt-Staaten befinden sich in Auflösung. Aus Polen sind sie weitgehend abgezogen. Aus Ungarn auch. Käme also nur die Restbesatzung in der ehemaligen DDR in Betracht.«

»Oder die Nationale Volksarmee.«

»Sie ist in der Bundeswehr aufgegangen.«

»Aber Bonn trägt die Verantwortung.«

»Außerdem«, erinnerte der MOSSAD-General Ammon, »steht noch in Frage, ob die alte NVA überhaupt über A-Waffen verfügte.«

»Es gibt mit Sicherheit deutsche Offiziere, die wissen, wo sie lagern.«

Man fasste zusammen:

»Als Quelle der Granate kommt nur die Rote Armee in Frage und eines ihrer Depots. Dass Ex-Stasi-Leute oder Ex-NVA-Offiziere dabei die Hand mit im Spiel haben, ist nicht auszuschließen.«

»Im Gegenteil. Wir setzen es voraus«, meinte einer von den Scharfmachern, »und ich schlage vor, wir machen das zum Kernstück einer nützlichen Kampagne. Die Deutschen zeigen sich in letzter Zeit recht aufmüpfig.«

»So ist es«, betonte einer der anwesenden Außenpolitiker. »Die Granate stammt gewiss aus dem Territorium der alten DDR. Dafür ist die Bundesrepublik verantwortlich. Und diese Granate hat man auf eines unserer Grenzdörfer abgeschossen. Ich bin dafür, dass wir auf Grund dieser Tatsache den Deutschen Feuer unter dem Hintern machen. Wo eine solche Granate auf den Waffenmarkt gelangt, da gibt es mehrere. Darum soll Bonn sich kümmern. – Ist jemand anderer Meinung?«

Niemand war anderer Meinung.

GOLFKRIEG

Das Außenministerium hatte das Telex aus Jerusalem, das noch keinen offiziellen Protest darstellte, aber entsprechende Schritte ankündigte, sofort an den Chef der bundesdeutschen Geheimdienste weitergeleitet.

Daraufhin schrillten im Kanzleramt die Alarmglocken.

Der Minister versuchte beim Kanzler einen Termin zu bekommen, was aber erst in den Abendstunden möglich war.

Solange wollte man eine Entscheidung aber nicht hinausschieben. Also sprach der Minister mit je einem parlamentarischen Staatssekretär des Außen- und Verteidigungsministeriums den Fall durch.

Der Mann vom Außenamt setzte die Herren kurz ins Bild und gab dann eine Lagebeurteilung dazu ab.

»In Israel besteht kein Zweifel darüber, dass diese A-Granate sowjetischen Ursprungs ist und aus einem Depot in der Ex-DDR stammt. Glücklicherweise besteht von Seiten Israels kein Zweifel an unserer Loyalität. – Aber leider an unserer Sorgfalts- und Aufsichtspflicht.«

Der Mann vom Kanzleramt warf ein:

»Dafür gibt es Verträge.«

»Und ich garantiere«, der Mann von der Haardthöhe hob den Zeigefinger, »in unseren Händen befindet sich nicht soviel Atomsprengstoff, wie unter meinen Nagel geht. Wir haben da keinen Zugang.«

»Auch nicht über NVA-Bestände?«

»Auf Atomarmunition hatten die Russen stets die Hand drauf.«

»Und wenn sich ehemalige Stasi- oder NVA-Leute mit Russen zusammentun? Viele von ihnen sind in finanziellen Schwierigkeiten. So eine Granate soll ein paar Mark wert sein.«

»Wo kein Handel ist, gibt es keine Preisnotierungen.«

»Es fand aber ein Handel statt.«

»Das ist nicht bewiesen.«

»Aber wir sollen das Gegenteil beweisen, fordert die Regierung in Jerusalem.«

Nach einer Pause, weil Kaffee gebracht wurde, sagte der Mann vom Außenministerium mit lautstärkemäßig verminderter Stimme:

»Es liegt an den verdammten Verträgen.«

»Bitte genauer.«

Jeder wusste, um was es ging, aber niemand wollte es aussprechen und im Protokoll haben. Doch der Staatssekretär vom Außenamt tat nicht lange herum. Er sagte offen seine Meinung. Dafür war er bekannt.

»Die Verträge mussten anno neunzig einfach zu schnell durchgezogen werden. Wir hatten zufällig für kurze Zeit ein internationales Sympathiefenster, also Freundlichkeit von allen Seiten. In Ost und West. Aber keiner wusste, wie lange dieser Zustand des Wohlwollens anhält. Das ahnte auch der Kanzler, und so wurde die Wiedervereinigung durchgepeitscht. Jetzt zeigen sich überall die Fehler und Versäumnisse. Aber was ist besser, perfekte Verträge, die nicht abgeschlossen werden konnten, oder mangelhafte, die inzwischen von allen Staaten anerkannt sind?«

»Gehört dazu auch der Truppenvertrag?«, fragte der Kanzleramtsminister.

»Die Truppenverträge sind in Kraft. Im Westen läuft alles reibungslos. Auch im Osten räumen die Russen planmäßig die Kasernen und Areale, wenn sie auch in einem katastrophalen Zustand hinterlassen werden. Wenige Einheiten dürfen noch zwei Jahre bleiben. Die Soldaten haben jetzt wegen der D-Mark in den Ostländern und der Rubelabwertung ernste Probleme im Supermarkt einkaufen zu können. Sie treiben Schwarzhandel. Und je höher der Rang desto grooßer die Absahne. Hohe Ränge kommen leichter an begehrte Waffen heran. So wird wohl eine der Atomgranaten aus den Bunkern irgendwo in Brandenburg oder Sachsen den Weg zu den Arabern gefunden haben.«

»Mein Gott«, seufzte der Mann von der Haardthöhe, »was man uns seit vierzig Jahren verweigert, läuft nun über den Schwarzmarkt. Nicht zu fassen! Das ist pervers.«

Allen war klar, dass es nicht unbedingt so sein musste, aber wohl so gewesen sein könnte. Und meist ging schief, was immer nur schief gehen konnte.

In der nachfolgenden Diskussion wurden Notmaßnahmen beschlossen.

Man wollte dem Kabinett klarmachen, dass es gesetzmäßig keinen Einfluss auf sowjetische Waffen gebe, dass der illegale Waffenhandel der Russen gar nicht zu verhindern sei, dass man aber alles tun müsse, um die Herkunft der Granate aufzuklären, sowie den Weg zu den Arabern.

»Mehr ist nicht zu tun«, bedauerte der Minister. »Ich spreche sofort mit unseren Geheimdiensten für Inland und Ausland.«

»Nein, mehr ist nicht zu tun«, pflichteten ihm die anderen bei.

Der BND-Agent Nr. 18 überstand den Nachmittag in einer Sportart, in der er kein Meister war, einfach deshalb, weil er Golf nicht liebte.

Er liebte es nicht, auf weißen Gummi zu hauen, sich dann damit zu brüsten, mit wie wenig Schlägen er den Ball in wie viele Graslöcher gebracht hatte. Außerdem liebte er das Golfimage nicht. Er nannte es zickiges Gehampel. Am liebsten waren ihm noch immer die Bourbons in den Clubhäusern.

Er war an den Starnberger See hinausgefahren, um dem Grafen von Triefenberg, dem Herrn über die BND-Kasse, Revanche zu bieten. In diesem Fall ein leichter Sieg für den Grafen, der offenbar Golf erfunden hatte. Trotz seiner Einbeinigkeit war er ein Champion.

Mit der neuen technischen Wunderprothese, die längst die hölzerne ersetzt hatte, konnte er gehen, laufen, sogar springen wie jeder andere.

Während der Graf brillierte, kein Wunder bei einem Handikap unter zwölf, trottete und puttete Urban immer hinter ihm drein.

Er hörte sich Triefenbergs Lästerzunge an und lästerte kaum zurück, denn es blieb im Wesentlichen bei den uralten abgedroschenen Golfwitzen.

»Kennen Sie den Witz mit der weißen Maus?«, fragte der Graf, »die ein Kurzsichtiger für einen Ball hielt?«

»Ja«, sagte Urban.

»Aber nicht den mit den hartgekochten Eiern.«

»Auch den«, sagte Urban, »und den mit den vier Männern auch.«

»Den kenne ich aber noch nicht. Erzählen Sie, Urban.«

»Vier Männer gingen Golf spielen. Drei von ihnen begaben sich direkt zum ersten Abschlag und der vierte ins Klubhaus, um zu bezahlen.

Die drei Männer begannen sich zu unterhalten und mit ihren Söhnen zu prahlen.

Der Erste sagte: ›Mein Sohn ist Architekt, und er ist dermaßen erfolgreich, dass er vor kurzem einem Freund ein Haus schenkte.‹

Der Zweite konterte: ›Mein Sohn begann als Autoverkäufer. Nun besitzt er eine eigene riesige Vertriebsgesellschaft und ist so erfolgreich, dass er einem Freund einen Mercedes schenkte.‹«

›Das ist nichts gegen meinen Sohn‹, fuhr der Dritte fort. ›Mein Sohn ist Aktienhändler, und ist dermaßen erfolgreich, dass er vor einer Woche einem Kollegen ein ganzes Depot mit Inhalt geschenkt hat.‹

Als nun der vierte Mann aus dem Klubhaus zu ihnen stieß, sagte einer von den dreien: ›Wir haben uns soeben über unsere Söhne unterhalten. Wie geht es deinem?‹

Da sagte der vierte Golfer zu ihnen: ›Tja, wisst ihr, mein Sohn ist Go-Go-Tänzer in einer Schwulenbar. Ich bin nicht gerade begeistert von seinem Job, aber er hat unglaublichen Erfolg. Die letzten drei Freunde, die er hatte, schenkten ihm ein Haus, einen brandneuen Mercedes und ein Wertschriftendepot.‹«

Der schwule Graf von Triefenberg hüstelte in sein Seidentaschentuch und sagte etwas über Vorurteile.

Dann fügte er hinzu: »Ich liebe Sie, Bob.«

Worauf Robert Urban leicht zusammenzuckte.

»Ich liebe Sie, weil Sie witzig sind und weil Sie immer prompt verlieren. Ich kenne keinen Spieler, der im Verlieren zuverlässiger ist als Sie. Leider sind Sie nicht einmal wütend darüber.«

Urban legte seinen Ball hin und schlug ihn total ins Blaue.

Mit Schaudern berechnete er die Zahl der Löcher in der kilometerweiten Runde.

Doch dann wurde er erlöst.

Ein Signal vom Himmel. Sein Piepser.

Der Graf blieb stehen. Auch er hatte es gehört.

»War das Ihrer oder meiner?«

Urban wusste, dass der Graf gar keinen Piepser hatte. Dafür war er nicht wichtig genug. Triefenberg hatte auch kein Telefon in Auto. Doch Urban hatte seine großzügige Stunde.

»Es war doch wohl Ihr Apparat, Graf.«

Damit hatte Triefenberg nicht gerechnet.

»Vielleicht doch der Ihre.«

Urban entnahm der Diodenanzeige im Piepser, dass er im Hauptquartier verlangt wurde. Rasch stieß er seinen Schläger in den Sack.

»Sie verzeihen, Graf.«

»Aber klar. Dienst ist Dienst«, tat Triefenberg großzügig.

Beim Weitergehen erzählte der Graf:

»Kürzlich hatte ich ein Match mit dem Erbprinzen. Da rief man mich dringend ab. Und um was ging es? Um lumpige zehn Millionen für eine verdeckte Operation unseres Netzes in … in irgendeiner Bananenrepublik.«

Urban tippte einen Gruß an den Mützenschirm und marschierte erleichtert Richtung Clubhaus.

Auf den Bourbon verzichtete er.

Am Parkplatz bestieg er seinen Uralt-BMW, steckte sich eine Goldmundstück MC an, atmete tief durch und telefonierte.

Geheimdienstleute erfuhren in der Regel etwas mehr als andere. Diesmal erfuhr Urban weniger als kaum etwas.

So wenig, dass es sich fast wie ein Gerücht anhörte.

»Das sind leider tausendprozentige Tatsachen«, erklärte der sonst dröge Operationschef, ein Relikt aus alten Geheimdienstzeiten, den Anfangsjahren des BND. Er galt mehr oder weniger als Dinosaurier, aber auch als unbrennbar.

»Jetzt wissen Sie so viel und so wenig wie ich, wie der Präsident und der Kanzler.«

»Danke für die Ehre.«

»Keinen Dank für etwas Selbstverständliches. Wie lautet Ihre Meinung dazu, Nummer achtzehn?«

Urban, dem Grafen von Triefenberg und seiner Golfniederlage entronnen, fühlte neue Stärke.

»Damit war zu rechnen.«

»Rein hellsehermäßig. Aber Sie sind ja ein eingeschriebenes Mitglied bei dieser Gilde«, spottete der Alte.

Urban versuchte es mit Logik.

»Sie beziehen sich auf den Vorfall in Stralsund.«

»Ja, auf diese Russen-Auto-Kiste.«

Urban gestand nicht ein, dass ihm ein gewisses Phänomen erst in dieser Minute klar geworden war. Man musste sein Image wahren und durfte sich nicht als dumm hinstellen. Aber er zog seine Schlüsse daraus.

»Dieser Oberst Romanoff war Artillerieoffizier und Regimentskommandeur. Nach unseren Computerunterlagen hatte er Zugang zu Atomgranaten für Feldhaubitzen.«

»Hinterher ist jeder schlau«, höhnte der alte Sebastian-Fettsack.

»Oberst Romanoff könnte eine A-Granate verkauft haben.«

»Wo? Auf offener Straße?«

»Gemäß BKA-Ermittlung fuhr er mit dem Zug nach Sassnitz auf Rügen, traf dort einen Mann, der mit einer Motoryacht von Schweden herübergekommen war. Möglicherweise fand auch ein Rucksacktausch statt. Das konnte der alte Fischer, der die beiden beobachtete, aussagen. Der Russe übernachtete in einem Hotel und nahm den ersten Zug zum Festland.«

»Gabt es noch weitere Erkenntnisse?«

»Das ist nicht unser Bier, Großmeister«, erinnerte Urban.

»Das weiß ich. Doch in Stralsund stand sein verglühter Lada.«

»Ohne den Fahrer.«

Sebastian schlug nun einen wahren Logik-Superbolz.

»Und wie hängt das mit der Atomgranate zusammen?«

Urban machte eine spannende Story daraus.

»Ich schaute mir das Wrack an und flog zurück nach München. Wir kamen in die Dunkelheit. Dabei stellte ich fest, dass die Leuchtziffern auf meiner Uhr, die schon lange erloschen waren, erneut aufglühten wie grüne Wunderkerzen. Sie konnten nur von der radioaktiven Reststrahlung des Ladas aktiviert worden sein. Das erzeugte in mir einen bösen Verdacht.«

»Davon steht nichts in Ihrem Bericht.«

»Vermutungen«, redete Urban sich hinaus.

»Ich hasse Ihre Vermutungen«, entgegnete der Alte. »Sie sind immer wie ein Schwert, das einem auf den Nacken fällt.«

»War sonst noch was?« fragte Urban.

»Ja, jede Menge. Was können wir tun?«

»Nichts.«

»Und via Rügen?«

Urban setzte sein durch Muskelschaden bedingtes Lächeln auf und lachte kehlig.

»Die Granate ist bekanntlich längst in Nahost.«

»Und zündete nicht, wegen falscher Handhabung oder eines technischen Defekts.«

»Was für ein Glück.«

»Die Israelis machen uns zur Sau.«

»Wie immer«, bemerkte Urban aus langjähriger Erfahrung, »im Übrigen sind sie aber ganz besonders lieb und zutraulich, wenn sie uns brauchen.«

»Lassen Sie sich etwas einfallen«, forderte der Alte.

»Mir fällt dazu nur eines ein«, Urban hätte es lieber verschwiegen, »mir fällt ein, dass bei einem kalkulierten Stückpreis von einer Million Mark pro A-Granate noch andere Herrschaften den Wunsch verspüren werden, ihre Nase zu vergolden.«

»Wer?«

»Wer die Dinger eben hat.«

»Und wer hat sie? In erster Linie sind es die Iwans. Okay. Sind es aber ehemalige NVA-Leute, Stasi-Typen oder Neonazis, dann gnade ihnen Gott.«

»Ihnen oder ihnen?« spottete Urban. »Groß oder klein geschrieben?«

»Groß und klein.«

»Und was habe ich damit zu tun?«

»Weil Sie hier der Fernaufklärer der Nation sind, und Bonn binnen vierundzwanzig Stunden eine Antwort fordert.«

Urban stieß die Zigarette in den Ascher.

»Wenn ich etwas hasse«, gestand er, »dann ist es das Wort binnen. Klein geschrieben.«

Damit hängte er den Hörer in die Halterung des Autotelefons Nicht ganz sanft.

Es ist immer schwer, dachte er, ein Leck zu stopfen, wenn man nicht weiß, wo es tropft.

HERR OBERST MACHT DEN FÜHRERSCHEIN

Die Fahrt von Stralsund nach Berlin hatte Oberst Petar Romanoff eine Erkenntnis vermittelt.

Ein lebender Verräter war besser als ein toter, was das Privatleben des Verräters betraf. – Aber ein toter Verräter war besser als ein lebender, was die Gefahr von Verfolgung und Entdeckung anging.

Deshalb hatte er beschlossen tot zu sein. Egal wie. Entweder zerfetzt und verbrannt in seinem Lada, oder anderswie umgekommen.

Er verließ den Zug schon vor Berlin in Eberswalde. Von der Post aus rief er seine Frau Fedora in Döberitz an.

Es dauerte einige Zeit, bis er die Romanowa am Apparat des Dreieranschlusses in der Garnisonskolonie hatte.

Daraufhin entwickelte sich ein hektisches Gespräch, unterbrochen von den Störungen des überalterten DDR-Telefonnetzes.

Fedora erkannte sofort die Stimme ihres Mannes. »Wie geht es dir, Petar?«

»Ich lebe.«

»Sie reden, als wärst du tot.«

»Alles in Ordnung, Mamutschka.«

Sie wusste einiges über seinen Dienst als Regimentskommandeur, aber wenig über seine privaten Geschäfte. Also fragte sie nur.

»Wirklich, Petar?«

»Es lief gut.«

»Deine Kameraden sind in Sorge.«

»Sollen sie ruhig. Aber jetzt keine Fragen mehr.«

»Was soll ich tun, Petar?«

»Zuhören. Du ziehst dein Reisekostüm an, packst das Nötigste in die Einkaufstüte von deinem deutschen Supermarkt, nimmst den Schmuck mit und alles an Geld, das im Hause ist. Du weißt, wo es liegt. Du verhältst dich, als würdest du einkaufen gehen.«

»Und wohin gehe ich wirklich?«

»Erst einmal zu Drigo. Drigos Frau ist aus Finnland. Sie hat noch ihren alten finnischen Pass. Den besorgst du dir. Irgendwie.«

»Ich weiß, wo sie ihn aufbewahrt«, sagte Fedora Romanoff. »Und dann?«

»Gehst du weiter zur Bushaltestelle, fährst zum Bahnhof und nach Berlin.«

»Dort treffen wir uns.«

»Nein, erst wenn ich fertig bin. In Berlin kaufst du eine Fahrkarte zweiter Klasse nach Hamburg, in Hamburg eine neue Karte nach Stuttgart. In Stuttgart versuchst du weiterzukommen bis zu dem kleinen Gasthaus im Schwarzwald, wo wir im Frühjahr zusammen gespeist haben, oben an dem See zwischen den Tannen. Nimm ein Zimmer und warte auf mich.«

»Wie lange kann es dauern?«

»Ein paar Tage. Wir brauchen andere Papiere. Und noch etwas. Lass Drigo ausrichten, ich würde mich bei den Kameraden melden. – Und nun beeil dich. Ich fürchte, die Militärpolizei wird bald auftauchen, um dich zum Verhör abzuholen.«

»Ich habe Angst«, gestand die Romanowa.

»Ich auch, Mamutschka, aber das geht vorüber. Los, fang an, tu es jetzt. Sofort!«

»Ich liebe dich, Petar«, flüsterte sie.

»Ich dich auch, Fedoruschka.«

Nachdem der Oberst aufgelegt hatte, war er beruhigt. Fedora würde die Gasflamme des Herdes, wo die Borschtschsuppe kochte, abdrehen. Mittwochs gab es immer Borschtsch mit Blinis und Sauerrahm. Sie würde ins Schlafzimmer gehen, sich umkleiden, ihren mit Zobel gefütterten Trenchcoat aus dem Schrank nehmen, den Mantel, von dem sie sich nie trennte, Wäsche und Pullover in ihre lederne Reisetasche packen und die Tasche in die Plastiktüte stopfen. Sie würde ihren Schmuck nehmen, die Papiere und das Geld, ihre Devisenreserve aus dem Versteck zwischen seinen Hemden holen und gehen.

Auf Fedora war Verlass. Wenn sie Glück hatte und sich geschickt anstellte, würde sie früher im Schwarzwald sein als er. Egal wer hinter ihnen her war, Fedora hatte immer Glück und schlau war sie auch. Deshalb machte sich Oberst Romanoff jetzt um andere Dinge Sorgen.

An einer Würstchenbude am Kurfürstendamm stillte der Oberst den schlimmsten Hunger.

Quer über die Straße gehend, betrat er das KaDeWe, fuhr in die Abteilung für Herrenausstattung und probierte einen Anzug in dunklem Braun, einen leichten

Sommerzweireiher. Mit Konfektionsgrößen hatte er keine Probleme. Er war von der Figur her ein Normaltyp, wie fast alle Soldaten oder Sportler.

Zum Anzug wählte er ein Oberhemd aus. Bei der Krawatte ließ er sich beraten. Er kaufte Socken, frische Unterwäsche und bordeauxrote Slipper, wobei er darauf achtete, dass es sich um Leder handelte.

Das Ganze bezahlte er mit einem Tausendmarkschein. Er bekam zweihundertachtzig Mark zurück.

Mit dem Taxi fuhr er nun Richtung altes Ostberlin. Da kannte er sich besser aus.

Am S-Bahnhof Friedrichstraße sperrte er sich in eine Toilette, kleidete sich um und warf die KaDeWe-Tüte mit den alten Sachen in einen Müllcontainer.

Danach mietete er ein Schließfach.

Inzwischen war es Abend geworden. Da er sich scheute, den nächsten Tausender-Schein in einer Bank wechseln zu lassen, ging er Kaffee trinken.

Kaffee, Kuchen und der Cognac hinterher kosteten etwas über zwanzig Mark. Er tat so, als habe er nur einen Zehner und Kleingeld, oder große Scheine.

Der Kellner hatte eine prall gefüllte Geldtasche und wechselte den Tausender lediglich mit der Bemerkung:

»Kein Problem, wenn er echt ist.«

»Prüfen Sie ihn.«

Der Kellner hielt ihn ans Licht und ließ das Papier zwischen den Fingern knistern.

Der Ton stimmte offenbar. Er gab neun Hunderter, einen Fünfziger, einen Zwanziger und Kleingeld heraus.

Nach dem gleichen Verfahren wechselte der Oberst später beim Abendessen den nächsten Tausender. Dann mietete er sich in einem Viertel, wo keiner nach den Papieren fragte, ein Zimmer. Der Portier bekam ein angemessenes Trinkgeld.

Gegen 23 Uhr kam der Oberst herunter und fragte deutsch, aber mit seinem harten Akzent:

»Wo kann man sich hier amüsieren?«

»Meinen Sie Mädchen?«

»Mädchen und ein bisschen pokern.«

Er bekam zwei Adressen.

»Aber passen Sie auf Ihre Brieftasche auf«, riet der Portier.

»Was wird gespielt?«

»Alles. Siebzehn und vier, Roulette, auch Bakkarat.«

»Großes Roulette?«

»Nein. Kleines Roulette mit weniger Zahlen. Echtes ist verboten. Aber Sie werden schon finden, was Sie suchen.«

Der Nachtportier kniff dabei ein Auge zu.

»Und wie gesagt, aufpassen, mein Herr!«

Oberst Romanoff war ein Mann, der durchaus wusste, wie man mit Schwierigkeiten fertig wurde. Schon auf der Offiziersschule der Roten Armee war er zum Einzelkämpfer ausgebildet worden und beherrschte zwei asiatische Kampfarten. Judo und Taekwondo. Er konnte hervorragend Pistolen schießen und auch mit dem Killermesser umgehen.

Aus dieser Richtung sah er kein Problem. Und die Million aus Sassnitz hatte er in einer unauffälligen Reisetasche im Bahnhofsschließfach deponiert. Insgesamt trug er etwa fünftausend Mark bei sich.

Er machte einen Streifzug durch das Rotlichtviertel in Neukölln. Aber das war wohl eher die Lederszene.

Nach ein paar Drinks in Homobars winkte er einem Taxi.

»Kreuzberg!«, rief er dem Fahrer zu.

»Wohin genau? Wollen Sie vögeln oder gambeln, mein Herr?«

»Was ist gambeln?«

»Zocken, Spielen.«

»Das ist es«, sagte der Oberst.

Der Taxifahrer setzte ihn in einer Straße ab, wo man die Wahl hatte. Die erste Bar war puffig, die zweite eine Dancing, erst in der übernächsten wurde Billard gespielt. An Tischen ganz hinten wurde auch gepokert.

Romanoff wechselte erneut das Lokal, bis er glaubte das richtige Milieu gefunden zu haben.

Erst schaute er sich um, ging von einem Tisch zum anderen. Alles sah harmlos aus.

Eine verhärmte Nutte machte ihm ein Angebot in Mark und Pfennig. Ein junger Zuhältertyp, den der Oberst beobachtete, und von dem er sich auch beobachtet fühlte, machte sich an ihn heran.

»Im Keller spielen sie hart.«

»Danke.«

»Uhren, Cartier, echt, Schmuck, oder Gold. Nur fünfhundert die Unze.

Was darf es sein?«

»Ich stehe auf Stahl«, sagte Romanoff.

»Hasch oder Koks?«

»Bin nur Biertrinker.«

»Mann«, sagte der Zuhälter, »was suchst du dann hier?«

Der Oberst schaute sich um. Eines war sicher. Der blonde Bursche mit dem pomadisierten Haar war gewiss kein Polizeispitzel. Das roch man. Und er hielt ihn auch nicht für einen Bullen.

Romanoff fragte: »Was hast du noch zu bieten?«

»Nutten, die alles draufhaben, aber ehrlich alles.«

»Stark«, sagte der Oberst. »Aber was noch?«

»Was brauchst du?«

»Bin besoffen Auto gefahren, hab keinen Führerschein. Geht da etwas?«

»Nur Führerschein?«, flüsterte der Kleinganove.

»Darf auch mehr sein.«

»Kennkarte?«

»Pass.«

»Mann, das kostet aber.«

»Wie viel?«

»Unter dreitausend geht da nichts.«

Der Oberst zögerte zum Schein.

»Einverstanden!«

»Was für einen Pass? Von USA, Frankreich, Italien, BeErDe?«

Romanoff hob zwei Finger.

»Zwei Pässe«, sagte er. »Am besten von Eheleuten. Die Nationalität ist egal. Hauptsache Europa West.«

»EG-Raum also.«

Romanoff nickte.

Sie gingen an die Bar, nahmen ein Glas Bier und einen Klaren.«

»Geht in Ordnung.«

»Wann?« fragte der Russe.

»Keine Ahnung. Das Material muss erst besorgt werden. Von Touristen.«

»Geklaut?«

»Was sonst.«

»Wann?«

»Hast wenig Zeit, he?«, grinste der Lude.

»Nicht allzu viel.«

»Das kostet Zuschlag.«

Der Blonde schaute sich immer wieder misstrauisch um.

»Ohne Vorkasse geht überhaupt nichts, Mann.«

»Wie viel?«

»Die Hälfte.«

»Sagen wir drei Scheine«, bot der Oberst. »Falls du mich übers Ohr haust, steche ich dich ab.«

Der Blonde grinste.

»Hier kennt mich doch jeder.«

Romanoff wandte sich an die Rote hinter der Bar.

»Kennst du den?«

Sie grinste.

»Klar, das ist Ernie, Klunker-Ernie.«

Sie gingen zur Toilette. Dort händigte der Oberst dem Kleinganoven drei Tausender aus.

»Hab's nicht anders.«

»Okay, morgen gleiche Zeit, gleicher Ort«, sagte Ernie. »Ich mach mich auf die Socken.«

Der Kleinganove verschwand.

Der Oberst nahm noch einen Wodka bei der Rothaarigen.

Tagsüber schlief der Oberst viel. Nur zweimal ging er weg, um ein Bier zu trinken, Schaschlik zu essen und Zeitungen zu kaufen.

In keiner Zeitung, auch nicht in den russischen, fand er eine Nachricht, was die Explosion eines in Moskau zugelassenen Ladas in Stralsund betraf.

Bei seinen kurzen Runden versuchte er herauszukriegen, ob er observiert wurde. – Es war wohl nicht der Fall. Also kehrte er in sein Hotel zurück. Dort lag er auf dem Bett herum, trank und rauchte. Um 23 Uhr machte er sich auf den Weg zu seinem Rendezvous mit Klunker-Ernie.

Er fand die Bar endlich unter tausend anderen. Ernie war nicht da.

Als er kam, wirkte er ein wenig abgehetzt.

»Alles klar«, sagte er. »Aber nicht hier.«

Sie gingen nach hinten hinaus. neben dem WC war eine Tür, die zu den Hinterhöfen führte.

Aus der Tür fiel Licht auf Mülltonnen, Getränkekästen und Kartons. Ein Hund hinkte auf drei Beinen vorbei. Man hörte den Musiklärm aus anderen Lokalen und das monotone Summen des Verkehrs. Mal tönte eine Hupe, mal schlug eine Autotür zu. Dazwischen die Stimmen von Frauen.

Der Ganove schloss die Tür. Sofort war es dunkel. Der Oberst roch das aufdringliche Parfüm des Mannes.

»So einfach geht das nicht, Mann«, sagte Ernie unangenehm nahe.

»Was ist das Problem, Ernie?«

»Die Kohle.«

»Was willst du?«

»Mehr.«

Der Oberst ließ sich ungern ausnehmen. Er handelte auch nicht lange herum, weil ihm alles hier missfiel.

»Dann Geld zurück und good-bye«, schlug er vor.

»Wenn es das nur wäre«, zischte der Zuhälter, »aber wir lassen uns nicht gerne bescheißen, Mann.«

Er stieß eine Zigarette aus einem Päckchen und steckte sie an. Im Schein der Feuerzeugflamme erkannte Romanoff, dass er in eine Falle geraten war.

Im Abstand von nur wenigen Metern sah er Leute stehen, mindestens drei. Sie hatten Pistolen, Schlagringe, einer auch ein Messer.

Im selben Moment warf sich der Kleinganove zur Seite, als verlasse er den Ring und gab seinen Partner zum Abschuss frei.

Die anderen kamen näher.

Der Oberst ging in Abwehrstellung.

»Was läuft hier?«, stieß er heraus.

»Nicht mit uns, Mann!«

Romanoff wollte keinen Ärger.

»Meine Taschen sind leer, was soll's?«

»Darum geht es nicht, Mann.«

Der Oberst geriet in Wut. Sein Kampfgeist wuchs.

»Dann holt es euch, ihr feigen Schweine.«

Sie griffen an.

Den Ersten machte Romanoff mit einem gezielten Schlag ans Kinn nieder. Der Zweite kam mit einem Boxhieb durch. Der Oberst trat ihn zwischen die Beine. Doch der Dritte warf ein Messer und traf Romanoff am Arm. Das Messer war schwer und hatte eine scharfe Klinge. Sie glitt zwar ab, schnitt aber durch bis auf die Haut.

Ronanoff fühlte, wie das Blut warm aus der Wunde quoll. Er brachte den verwundeten Arm nach hinten auf den Rücken in Sicherheit. Noch mit einer Hand würde er mit dem Ganoven fertig werden. Außerdem hatte er noch zwei Füße, die er zu nutzen verstand.

Der, den er zuerst erwischt hatte, kam wieder hoch und schwang nun einen Baseballschläger. Romanoff bekam das eisenharte Holz zu fassen, doch er verlor es. Der zweite Hieb traf ihn am Schädel und machte ihn benommen. – Aber er kämpfte verbissen weiter.

»Nicht schießen!«, schrie Ernie, »den brauchen wir lebend.«

Weil zu dritt, kriegten sie ihn am Ende doch. Sie brachten ihn zu Fall. Als er am Boden lag, malträtierten sie ihn mit Fußtritten.

Oberst Romanoff war jetzt so weit, dass er nur noch seinen Kopf mit den Armen zu schützen versuchte und im Übrigen alles hinnahm.

Er wusste nicht, was sie von ihm wollten. Um Geld konnte es nicht gehen. Aber eines war klar, sie wollten etwas von ihm. Um es zu bekommen, machten sie ihn fertig. Doch sie würden ihn nicht töten, sonst bekamen sie nicht, was sie begehrten.

Er wurde nahezu betäubt von den Schmerzen. Selbst ein stahlhart trainierter Körper wie der seine schluckte nicht alles.

LAMM MIT DEM DON

Der BND-Agent Robert Urban liebte den Süden. Jenseits des Brenners blühte sein Herz auf. Ähnlich erging es seinem betagten BMW-633 CSI-Coupé, dessen Leben schon in Jahrzehnten gerechnet wurde. Nach Süden fuhr er fast von allein, wie ein Gaul, der zu den fetten Weiden trabte.

Diesmal war der Generalkurs Genua.

Nach sechs Stunden harter Fahrt, ein wenig müde, wühlten sich beide, der Fahrer und sein Automobil, in den Wahnsinnsverkehr der Hafenstadt.

Hinzu kam, dass das Gespräch, das Urban hier führen musste, alles andere als angenehm sein würde. Das lag am Partner, der als ein berühmter Kotzbrocken galt.

Auf den letzten Kilometern zum Yachthafen hinaus rollte Urban mit Viertelgas, was der 230-PS-Maschine nur ein lockeres Muskelspiel abverlangte. Dabei ging Urban die Gesprächstaktik noch einmal durch.

Endlich bog er von der Stadtautobahn ab in Richtung Meer.

Bei den Piers der Marina kam man meist nur mühsam zurecht. Daher hielt Urban schon oben bei den Büros der Yachtenvermieter, ging zu einem hinein und hatte, weil er Italienisch wie Altfränkisch sprach, wenig Probleme.

»Wo liegt Don Barneduccis Boot?«

Der Yachtvermieter grinste.

»Boot ist gut. Schiff wäre besser, Signore. Am Anleger vier, wo die dicken Pötte ankern.«

Er deutete in Richtung Westen.

»Grazie!«

Urban wollte gehen.

»Sie meinen doch die Angela Barneducci?«, rief der Yachtvermieter hinter ihm her.

»Richtig«, bestätigte Urban.

»Die ist ausgelaufen.«

»Unmöglich. Ich habe eine Verabredung.«

»Scusi, fragen Sie Michèle.«

»Und wer ist das?«

»Ein Matrose.«

»Und wo finde ich ihn?«

»Überall, Signore. Wie eine streunende Katze.«

Der Italiener begann zu telefonieren und Urban suchte den Matrosen.

Es gelang ihm Michèle in einer Werkstatt, wo er gerade einen 150-PS-Evinrude zerlegte, aufzutreiben.

»Ich will eigentlich zu Don Barneducci«, sagte Urban.

Der Matrose, oder auch Mechaniker, wischte die Öl verschmierten Pfoten am Baumwolltwist ab.

»Kein Problem!«, rief er, »nur vier Meilen.«

Sie bestiegen ein Motorboot und preschten hinaus.

Die Yacht ankerte in einer der Buchten auf Santa Margherita zu. Sie war ein weißes, langes, elegant gestyltes Schiff, das sich von anderen Yachten unterschied wie ein Einfamilienhaus von einem Palazzo.

Der Matrose brachte Urban an die Bootstreppe und schrie hinauf:

»Gast für den Don.«

»Wer?«

»Urban!«, rief Urban.

»Va bene, kommen Sie an Bord, Colonello!«

Wenige Minuten später saßen sich Urban und Don Barneducci, einer der erfolgreichsten Waffenschieber der alten Welt – und auch der neuen –, unter dem Sonnensegel gegenüber.

Es gab kühle Longdrinks.

Der ins Schwitzen geratende feiste Italiener fragte:

»Wie geht es dir, du Halunke?«

»Bestens, du alte Kanaille«, antwortete Urban.

Mit Höflichkeit, wie sie allen Menschen in diesem Lande eigen war, fragte man erst nach der Familie. Da hatte Urban wenig zu bieten. Dann sprach man von Krankheiten. Da hatte der Waffenhändler mehr zu bieten als Urban. Danach kam man zu den Geschäften.

Der grauhaarige Cäsarentyp Angelo Barneducci massierte nervös seine Leber.

»Geht es um etwas Schlechtes?«

»Wann ging es je um etwas Gutes?«

»Also um gar nichts«, verstand es der Italiener. »Das mag ich gern. Gar nichts ist besser als gut. Gar nichts ist das Feinste der Welt.«

»Bist du depressiv?«, fragte Urban. »Oder pleite?«

»Mezzo mezzo«, sagte der Waffenhändler, »halb und halb. Aus diesem Job möchte jeder jeden Tag einmal aussteigen. Aber wie steigt man aus einem Boot, das durch einen Katarakt treibt?«

»Du kannst dich nur festhalten.«

»Sag mir was Netteres«, bat der Sizilianer.

»Der Dollar steigt.«

»Auch Scheiße«, fluchte der Waffenhändler. »Das bedeutet teuren Einkauf.«

Endlich kam man zum Thema del giorno.

Urban zeigte Barneducci ein Foto.

»Hundertzwanzig Millimeter, Feldhaubitze«, erklärte Urban dazu.

»Ich weiß«, sagte der Sizilianer.

»Was weißt du noch?«

»Russischer Herkunft. – Atom-Granate.«

»Hast du sie im Katalog, Angelo?«

Des Cäsaren Miene verfiel in Trauer.

»Leider nein. Keiner, nicht einer von uns, von den Großen, hat sie im Angebot. Und von den Kleinen traut sich niemand ran. Zu heiße Ware.«

»Dieser Apparat wurde von Syrien aus auf ein israelisches Grenzdorf geschossen.«

»Dann hatten die Kibbuzniks mächtig Schwein.«

»Und das regt dich nicht auf?«, wollte Urban wissen.

»Ich wusste schon wenige Stunden später davon. Gaddafi hat mich angerufen. Er wollte wissen, warum diese armen Vettern von der PLO so was kriegen und er nicht.«

»Was hast du ihm geantwortet?«

»Dass diese Apparate eine Seuche sind wie Tripper, Syphilis und Aids auf einem Haufen.«

Urban kannte ihn. Angelo war ein Lügner von Format.

Aber diesmal sagte er wohl die Wahrheit.

Doch Urban benötigte mehr Informationen, als Mutmaßungen allein hergaben.

»Hat man dir die Ware angeboten?«

»Nein, mir nicht.«

»Deiner Konkurrenz?«

»Vielleicht.«

»Machte sie das Geschäft?«

»Sie wird sich hüten.«

»Warum?«

»Hör zu«, sagte Barneducci, »vor zehn Jahren noch waren nackte Titten und nackte Ärsche an jedem Zeitungsstand verboten. Heute zeigen es alle Frauen. Genauso ist es mit diesem Nuklearmist. Was jetzt noch tabu ist, kann morgen das große Geschäft werden. Man muss abwarten können.«

Urban hörte sich die Philosophien des Sizilianers an und wurde dann wieder konkret.

»Woher kommt dann dieser teuflische Apparat?«

»Nur aus russischen Beständen. Sie haben, was Waffen und Munition betrifft, eine Buchhaltung wie ein Analphabet, der eine Frittenbude betreibt.«

»Wie kann das Ding geklaut worden sein?«, erkundigte Urban sich.

»Via Armee-Depot, über einen hohen Offizier und dessen Kameraden-Clique – einer allein schafft das nicht – zu einem PLO-Abnehmer, der Israel hasst wie Krebs an seinen Eiern.«

Offenbar wusste selbst Barneducci, auf dessen Kenntnisse Urban gebaut hatte, zu wenig.

Er schaute sich um, sah das Funktelefon, holte es heran und stellte es vor den Sizilianer auf den Rattantisch.

»Los, ruf an, Angelo!«

»Wen?«

»Deine Kumpel.«

»Hab keine.«

»Dann deine Feinde.«

»Wen von ihnen? Davon gibt es zu viele.«

»Egal«, bemerkte Urban. »Ich brauche Informationen. Deine Hilfe gegen eine Hilfe von uns.«

Der Sizilianer lachte schief. »Wer bist du denn schon, du kleiner NATO-Geheimdienst-Scheißer.«

»Großer Geheimdienstscheißer, bitte«, verbesserte Urban.

»Du kannst mich doch nicht mal am Arsch ...«

»Will ich auch nicht«, sagte Urban. »Aber wenn mein starker Arm es will, stehen deine Räder still, Amico.«

»Du Kommunist«, sagte der Waffenschieber und begann zu wählen.

Als die Sonne sank, wusste Urban zwar wenig, aber doch einiges mehr.

Barneducci hatte herumtelefoniert und tat es während des Abendessens noch immer.

Urban hörte mit halbem Ohr hin, was ihm leicht fiel, denn es gab Lammschulterbraten. So fein man diesen hier auch zubereitete, Urban mochte kein Lamm. Also hörte er bei den Salaten und den fein gewürzten Kastanienmehl-Kroketten den Gesprächen des Waffenhändlers zu.

An Bord gingen schon die Lichter an, als endlich der Espresso kam.

»Wie ich schon sagte«, fasste der Sizilianer zusammen, »nichts Konkretes, bloß wa-wa-wa. Wenn Trafalgo in Dublin und Dyonysos in Athen nichts wissen, dann gab es kein Angebot. Allerdings hörte ich von Borasto in Panama, mit dem ich soeben sprach, dass Gerüchten zufolge eine Hundertzwanzig-A-Granate den Besitzer gewechselt haben soll. Irgendwo droben an der Ostsee. In Skandinavien, am Nordpol oder so.«

»Skandinavien ist an manchen Stellen von unseren Inseln nicht weit entfernt«, erwähnte Urban. »Wir folgten einer Spur nach Rügen. Aber diese Ecke ist nicht bevorzugtes Einkaufsgebiet arabischer Terroristen. Trotzdem vielen Dank, Angelo. War bis auf das Lamm ein vorzügliches Essen und ein anregendes Gespräch mit dir.«

»Ich werde dich anrufen, wenn ich etwas höre, Dynamito Amico. Und bitte rufe du mich an, wenn es soweit kommt, dass eure Bundeswehr wieder alte Leopard-Panzer an die Türkei verschenkt. Vielleicht kann man einen von zehn abzweigen. Ich hätte da einen Kunden in Zentralafrika. Der ist ganz heiß auf Leoparden.«

»Ich habe kein Wort davon gehört«, sagte Urban. »Aber ich denke an dich und wir halten uns auf dem Laufenden.«

Sie küssten sich zum Abschied, wie es im Süden üblich war. Dann brachte das Motorboot Urban zurück nach Genua.

Sein BMW stand am Parkplatz der Marina, frisch gewaschen und poliert.

Drinnen, auf dem rechten Sitz, lagen eine Literflasche des besten Bourbon, den man für Geld kaufen konnte und Havannas.

Zweifellos ein Geschenk des Waffenhändlers.

Angelo erlaubte sich gern solche Scherze. Er hatte blitzschnell organisiert. So ging er mit Feinden um, aber auch mit Leuten, deren Feindschaft ihm am Herzen lag. Ein echter Bastard, dieser Sizilianer.

Da Urban ihm trotzdem nicht über den Weg traute, und die Geschenke auch Ablenkung sein konnten, schaute er hinten und vorn unter seinen BMW.

Es war unnötig. Es gab keine weiteren Geschenke in Form von Sprengstoff. Ein Glück, dass Barneducci Urbans Vorsicht nicht mitbekam. Er wäre zu Tode beleidigt gewesen.

Urban sperrte auf. Das Schloss zeigte keine Beschädigung.

Für Barneduccis Leute war es auch kein Problem gewesen, die Tür zu öffnen.

Er steckte sich eine MC an und überlegte den nächsten Schritt.

Was tun? Nach München zurückfahren, oder übernachten.

Ohne eine Entscheidung zu treffen, ließ er erst einmal an. Der Motor lief gerade rund, als ihm die Entscheidung abgenommen wurde.

Es war ein Geräusch, als drehe sich ein Hund im Schlaf um. Dann der kalte spitze Nadeldruck am Hals.

Eine Nadel stach zu. Eine Flüssigkeit, oder war es Luft, blähte an der Stichstelle seine Haut zu einer fingernagelgroßen Geschwulst auf.

Kein Zweifel, hier setzte ihm jemand blitzschnell eine Narkoseinjektion. – Da gab es nur eines: Sofort raus mit der Nadel.

Urban leitete die dazu nötige Handbewegung ein, indem er mit der Rechten über die Schulter hinweg zum Schlag ausholte. – Er kam nicht ans Ziel.

In seinem Kopf schien etwas zu explodieren, und dies mit einer Gewalt, die alles zu zerfetzen schien.

Urban registrierte noch seine Reflexe von der Zeitlupe bis zum absoluten Nullstand. Und dies binnen einer Sekunde.

Er saß da wie gelähmt. Er konnte sehen und hören und spürte auch, wie er noch atmete. Aber sonst vermochte er nichts. Es war ihm, als schwebten seine Augen und seine Ohren frei im Raum.

Obwohl es draußen dunkel war, kam noch tiefste Nacht hinzu und ein Absturz in schwarze Tiefen, wie es schien, ohne Ende.

FEDORA UND ROMANOFF

Oberst Romanoff erwachte in einem kahlen feuchten Kellerraum.

Er lag auf einem matratzenlosen Federgestell. Durch ein Oberlicht drang das Grau des Morgens herein.

Vor ihm standen Männer. Ernie, der Ganove und einer, der aussah wie ein Buchhalter. Der Dritte war zweifellos jener Schlägertyp, der das Brutale liebte.

Der mit der Buchhalterbrille hielt ihm etwas hin, wenig größer als eine Handfläche. Es bestand aus Papier. Aus bedrucktem Papier.

»Was ist das?«, fragte er.

Der Russe fokussierte seine Augen auf Nähe und Schärfe und erkannte eine seiner Banknoten.

»Ein Tausender, oder?«

»Ein Tausender schon.«

»Aber leider Falschgeld«, zischte Ernie.

»Unmöglich!«

»Es ist die am besten gefälschte D-Mark-Banknote, die ich je zu Gesicht bekommen habe«, erklärte der Buchhalter. »Keine Blüte aus einem Farbkopierer, sondern Druck. Fototechnische Ätzung der Platte, Papier fast echt, Farbe optimal.«

Der Russe, der nicht fassen konnte, dass ihn Abu al Jades mit falschem Geld bezahlt haben sollte, bezweifelte es.

»Wenn sie so gut ist wie echt ...«

»Was dann?«

»Das genügt nicht.«

Der Schläger trat ihm in den Leib dorthin, wo es noch von gestern höllisch schmerzte.

»Wir fragen, Mann. Okay? Und du redest.«

Romanoff hob die Hände zum Zeichen der Aufgabe. Was sollte er tun. Er war an Händen und Füßen gefesselt.

Ernie sagte, auf den Buchhalter deutend:

»Er ist der Mann, der unsere Pässe umfrisiert. Er hat schon im Blütenjob gearbeitet. Er kennt sich da aus. Du wolltest mich mit Blüten spicken, he?«

»Ich schwöre ...«

»Nicht schwören«, sagte der Schläger, »reden Mann, immer reden. Die Wahrheit.«

»Um was geht es denn noch, verdammt?«, fluchte der Russe.

»Woher stammt der Tausender?«

»Aus Geschäften.«

»Was für Geschäften?«

»Aus Verkäufen. Ein paar Kajuschkas, einen T-Zweiundsiebzig-Panzer, eine MiG«, spottete der Oberst resignierend.

»Was habt ihr Iwans sonst schon zu verscherbeln«, höhnte Ernie. »Und wer war der Abnehmer?«

»Ein Südländer.«

»Spanier?«

»Warum Spanier?«, fragte Romanoff erstaunt.

»Oder Italiener? Nur Spanier oder Italiener drucken solches Falschgeld.«

»Keine Ahnung«, hielt Romanoff sich bedeckt.

»Hör zu, Mann«, sagte der Schwerathlet und packte Romanoff an der Kehle, »hör zu, Mann! Du redest oder wir überstellen dich deiner Garnison, Ruski.«

Dem Oberst war klar, dass das eine Anklage, ein Urteil und mindestens zehn Jahre Straflager in Sibirien kosten würde. Er zeigte sich wohl besser kooperativ.

»Was zum Teufel wollt ihr?«

»Wo sind die Blüten?«

»Versteckt. Bringt mich um, ich verrate es nicht.«

»Warum nicht? Wenn du tot bist, hast du nichts davon.«

Sie drohten mit allem Möglichen. Das ließ ihn kalt. Doch bald wurde ihm klar, dass er keine andere Chance hatte, als mitzumachen.

Von da ab pokerte er. Darin war er geschickt und stur wie alle Russen.

»Wie viel ist es?«, fragte Ernie.

»Reichlich.«

»Eine Million?«

»Etwa.«

Das regte sie nicht weiter auf. Sie machten einen Vorschlag.

»Du gibst uns die Blüten und wir kaufen sie dir ab. Hundert zu drei ist der Kurs.«

Romanoff rechnete. Dann handelte er.

»Hundert zu sechs.«

»Das wären sechzigtausend für eine Million. Zuviel, Mann. Maximal hundert zu vier.«

Sie behaupteten, so sei der Kurs. Vierzig Pfennig für einen Zehner Falschgeld. Sie feilschten und einigten sich bei hundert zu fünf.

»Und die Pässe!«, forderte der Russe. Er hatte schon wieder Oberwasser.

»Die bezahlst du extra.«

Sie kamen überein, dass sie ihm fünfundvierzigtausend Mark in gebrauchten Scheinen, nicht größer als Fünfziger, für seine Million Blüten bezahlten. Gewiss hauten sie ihn damit übers Ohr, aber das Geld war gewaschen. Der Rest war sein Problem. Er ging sowieso ins Ausland. Dort würde man weitersehen.

Nun ging es um die Übergabe.

Nach einigen nicht akzeptablen Vorschlägen sagte der Russe:

»Machen wir es ganz offiziell. Das Geld liegt an einem belebten Ort. Ihr bekommt den Umschlag mit den Falsifikaten, ich den mit den echten Scheinen. Wir zählen die Kohle und good-bye.«

Endlich waren sie einverstanden.

Sie fuhren mit ihm zum S-Bahnhof. Ernie ging mit. Die anderen blieben im Hintergrund.

Es war um Mittag herum und ein großes Gedränge und Gerenne. Der Russe sperrte das Schließfach auf. Ernie zählte die Pakete in der Tüte.

»Zehn Bündel zu hundert banderoliert«, stellte er fest. »Okay, dein Glück, Mann.«

Der Russe bekam die Tüte mit den gebrauchten deutschen Fünfzigern.

Ernie wollte gehen.

Romanoff hielt ihn am Ärmel zurück.

»Die Pässe, mein Freund.«

»Ganz vergessen«, grinste der Ganove verschlagen.

Der Russe hatte jetzt die Pässe und fünfundvierzigtausend Mark. Damit konnte er sich bewegen.

Ernie, der Ganove, verschwand in der Menge.

Spät am Abend erreichte der Russe Stuttgart.

Er mietete einen Ford Fiesta. Diesen Typ und diese Marke kannte er. Damit fuhr er nach Freudenstadt. Dort rief er in dem kleinen Hotel am Titisee an.

Fedora, seine Frau, saß gerade beim Abendessen.

»Pack deine Sachen«, sagte er, »bezahle die Rechnung, ich bin in einer Stunde unten an der Straße.«

»Petar!«, rief sie aufgeregt.

»Dawai, dawai!«, drängte er und hängte auf.

Er fuhr das Kinzigtal nach Süden über Schramberg auf Freiburg zu. Dann durchs Höllental, und durch den Wald. Als er oben am See ankam, war es nach Mitternacht.

Fedora stand schon an der Weggabel.

Sie stieg ein. Im Wagen umarmten sie sich innig.

Rasch wendete der Oberst und fuhr Richtung Autobahn.

»Wie geht es dir?«

»Gut«, log er.

»Du siehst aus wie gekotzt, Petarowitsch.«

»Klar, es lief nicht Aber wir werden durchkommen«, sagte er.

»Wohin jetzt?«

»Zur Grenze nach Strassburg. Pässe sind im Handschuhfach. Nimm deinen heraus und lerne ihn auswendig.«

Sie blätterte ihren Pass auf.

»Die Frau auf dem Foto ist blond.«

»Setz dein Kopftuch auf.«

»Ich kann kaum Deutsch.«

»Aber gut Französisch. Wer von uns war Sprachlehrer? Du oder ich?«

»Ich rede an der deutschen Grenze, falls mich der Beamte am Zoll etwas fragt. Und du drüben.«

»Wir brauchen eine Portion Glück.«

»Nur eine kleine Portion«, meinte er. »Aber wir waren lang genug beschissen dran. Einmal etwas Glück steht uns zu.«

In der ersten Morgendämmerung passierten sie die deutsch-französische Grenze bei Kehl ohne jedes Problem. Die Grenzbeamten warfen kaum einen Blick auf die grünen deutschen Reisedokumente.

DAME AUF DER PIRSCH

Der BND-Agent Robert Urban erwachte im Kofferraum einer sanft dahinrollenden Limousine.

Er war nicht gefesselt. Offenbar vertraute man der Wirkung des Schlafmittels.

Mit den Beinen und den Armen maß er den Kofferraum aus. Er erschien ihm ziemlich groß. Berücksichtigte man ferner das mächtige Reserverad, dann ließ dies nur einen Schluss zu. Es musste sich um eine schwere amerikanische Limousine handeln. Außerdem war der Motor kaum zu hören, und aus dem Auspuff unter dem Blech kam ein typisches Achtzylinder-Brabbeln.

Der Wagen wurde automatisch geschaltet. Niemand konnte nach dem dem Stopp oder nach Kurven so samtartig beschleunigen wie eine Borg-Warner-Automatic.

Karosserie und Kofferraumdeckel waren fugenlos mit Gummi abgedichtet. Kein Lichtstrahl drang herein. Zur Rückwand des Fondsitzes hin ertastete Urban Blech.

Es stank ein wenig nach Benzin. Vermutlich lag direkt unter ihm der Tank.

Er tastete weiter, auch hinter das dicke Reserverad in der Wanne, dorthin, wo gewöhnlich das Bordwerkzeug eingeklemmt wurde. Mit Gefühl sortierte er die Schlüssel, Schraubenzieher und Zangen.

Nun brachte er seinen Tastsinn beim Kofferdeckelschloss zum Einsatz. Die meisten Kofferraumdeckel waren auch von innen zu öffnen. Man musste nur an die Mechanik herankommen. – Hier war es besonders heikel. Das Schloss war mit Blech verschalt. Aber das Blech hatte vier Kreuzschlitzschrauben. Er drehte die obere auf. Vermutlich hielt sie außen das Chevrolet- oder Ford-Emblem oder Teile des Nummernschildes fest. Die Schraube fiel heraus.

Urban lockerte die übrigen so, dass er sie mit den Fingern lösen konnte. Durch das Loch der gelösten Schrauben sah er die Welt wie durch ein langes dünnes Rohr.

Aber so viel war klar. Sie fuhren auf einer sehr geraden Straße.

Nach einer Stunde etwa hielt der Wagen an einer Tankstelle.

Super rauschte und gurgelte durch den Stutzen in den Tank. Urban hörte Stimmen. Noch in Italienisch.

Es dauerte ein wenig, etwa so lange, wie man braucht, um einen Kaffee zu trinken. Dann ging es weiter.

Urban buchte weitere Punkte für sich.

Es war eine Frau gewesen, die mit dem Tankwart gesprochen hatte und es waren auch die Absätze von Damenschuhen gewesen, die sich dem Wagen wieder genähert hatten. – Das bedeutete jedoch nicht, dass sein Leben dadurch leichter wurde.

Ladies waren meist härter als Männer. Und diese Lady hatte ihr Können mit der Injektionsspritze bewiesen.

Urban schätzte sie auf mehr klein als lang, eher schlank als füllig. Immerhin hatte sie hinten in seinen BMW hinein gepasst. Das Coupé war bestimmt kein Großraumtransporter.

Nach einer langen Kurve ging es auf einer sehr gut ausgebauten Straße weiter. Die Autostrada, schätzte er.

Während der nächsten zwei Stunden Fahrt kam es zu mehreren Halts. Einem längeren an der Grenze.

Durch das Loch sah Urban die Grenzstation Menton verschwinden.

Der letzte Halt war bei der Zahlstelle Nizza. Danach rollten sie erst über eine kurvige Straße hinab, dann durch die Stadt, um diese Zeit kam man rasch durch. Selbst in seinem engen Gefängnis begann er das Meer zu riechen.

Urban nahm an, dass sie bald ihr Ziel erreicht haben würden und löste nun die anderen drei Schlitzschrauben am Innenblech der Schlossverschalung. Das Schloss war primitiv.

Urban fummelte darin herum, drückte eine Metallnase nach oben. Ohne Erfolg. Der Deckel bewegte sich nicht.

Er versuchte etwas anderes. Plötzlich bewegte sich der Deckel hydraulisch sanft.

Jetzt hatte es Urban nicht mehr eilig. Seine Neugier war gestillt. Er zog den Deckel wieder dicht und wartete.

Es ging nach Westen, dann von der Küstenstraße herunter bergwärts. Es wurde steil. Er merkte es, weil er nach hinten gedrängt wurde. Enge Kurven kamen, eine noch engere Kehre. Der breite Schlitten wand sich langsam durch ein Tor. Kies knirschte unter den Reifenprofilen. Ein kurzer Halt. Ein Garagentor surrte. Noch wenige Meter, dann ein veränderter Auspuffton, reflektiert von Garagenwänden.

Stopp. Zündung aus. Handbremse an. Eine Tür ging auf und zu. Schritte von hochhackigen Schuhen. Das Garagentor rumpelte. Die Schritte verklangen.

Urban gab noch eine Minute zu, dann verließ er sein Gefängnis.

Die Lady hatte echtes Gottvertrauen in die Wirkung ihrer Spritze. Sie hatte nicht einmal nachgesehen, ob es ihn noch gab.

Urban lockerte erst seine Glieder, brachte die Blutzirkulation in Ordnung, dann durchsuchte er den Cadillac. Es war ein älteres Modell in Schwarz mit viel Chrom, Baujahr neunundachtzig. Im Wagen war nichts Besonderes zu entdecken.

Papiertaschentücher, ein Parfumsprayer, denn alle Autos begannen mit den Jahren innen zu stinken. Der Ascher war leer, aber nicht unbenutzt. Also eine Raucherin. Vorausgesetzt, es war ihr Auto.

In den Seitentaschen gab es Autokarten, Handschuhe mittlerer Größe, ein Antibeschlagtuch, eine volle Coladose. Hinten lagen ein Schirm und festes Schuhwerk. Profilsohle mit flachem Absatz, ein Bally-Modell für die Dame auf der Pirsch. Größe siebenunddreißigeinhalb.

Urban hörte eine Tür gehen, Musik, Schritte. Er duckte sich in den Cadillac. Aber niemand kam in die Garage.

Der Halter des Fahrzeugs hätte ihn schon interessiert. Zugelassen war das Schiff jedenfalls im Departement Alpes Maritimes.

Er schaltete kurz die Scheinwerfer ein.

Hinten in der Garage gab es eine Tür. Sie führte in den Garten. Er ging hinaus.

Das Haus lag an einem Hang und war bungalowartig gebaut.

Erdgeschoss, Terrassen, Obergeschoss. Davor ein kleiner Pool.

Urban schlich um das Haus herum und fand hinten eine Tür angelehnt. Sie führte in eine moderne, aber nicht sehr elegante Küche. Er sah es im Licht, das durch einen Korridor aus der Wohnhalle fiel. Dazu diese grelle Discomusik.

Er trat wieder ins Freie und wartete.

Es dauerte nicht lange, dann hörte die Musik auf zu spielen. Das Licht verlosch. Jemand nahm die Treppe nach oben.

Eine Stunde später hatte Urban im Strahl seiner Kugelschreiberlampe das Haus durchsucht.

In der Wohnhalle stand eine Flasche Wodka auf dem Marmortisch. Dazu ein Glas. Das Glas war benutzt. In der Flasche fehlten ungefähr zwei Doppelte. Im Ascher lagen Zigarettenreste. Gauloises ohne Filter.

Die Zeitungen waren meist französische und englische. Aber auch eine Ausgabe der Prawda vom Ende des Monats, also eine Woche alt, war dabei.

In den Bücherregalen standen Werke der Weltliteratur quer durch alle Länder, auch ein paar russische. Tolstoi, Dr. Schiwago natürlich und Gedichte von Juri Alexejewitsch Gagarin, dem ersten Mann im Weltall.

Urban stieg nach oben.

Es gab drei Räume dort. Ein Luxusschlafzimmer mit Bad und ein Gästezimmer, in dem offenbar die Hausangestellte wohnte.

Aber sie war nicht da. Im Gegensatz zum Schlafzimmer war dieses Bett leer.

Drüben im Luxusbett lag eine dunkelhaarige Dame, halbnackt in einem Negligé, das in Fachkreisen als Hemdhöschen bezeichnet wurde.

Urban arbeitete lautlos, um ihren Schlaf nicht zu stören. Ihre Atemzüge gingen regelmäßig, also ziemlich flach.

Urban interessierte sehr, wer sie war und warum sie ihn abgespritzt hatte. Sie musste ihn beobachtet haben, wusste, wo er sich aufhielt und hatte ihm aufgelauert, zart, wie sie war, in seinem BMW.

Er suchte weiter und fand in der Garderobe, zwischen Wohnhalle und Eingang, eine Umhängetasche. Sie enthielt nichts Aufregendes. Eine französische Kennkarte, ausgestellt auf Romaine Belfort. – Offenbar keine Fälschungen. Aber Profis arbeiteten professionell.

Zurück in der Wohnhalle fläzte er sich in einen der Kaminsessel und dachte nach.

Er beschloss zu warten und die Dame nicht zu wecken. Er war müde. Noch einen Drink, eine MC und pennen. Danach stand sein Sinn.

Er saß da und nickte ein. Plötzlich spürte er einen Hauch. Nicht den des Windes, denn der Mistral war nicht parfümiert. Und dann spürte er wieder den bekannten Druck am Hals. Diesmal aber nicht spitz, sondern stumpf.

Er nahm an, dass es eine Makarow-Pistole war.

»Lady«, sagte er, »wozu die Umstände. Schießen Sie oder reden wir.«

»Ich habe Sie verdammt unterschätzt, Oberst.«

»Davon lebe ich, Madam?!«

Er sah sie nicht. Sie hatte sich barfuß und lautlos angeschlichen. Da er es aber wenig schätzte, von hinten mit Hilfe einer Waffe angesprochen zu werden, machte er eine Kopfbewegung.

»Ich pumpe Ihnen das Gehirn aus dem Schädel, Mister Dynamit«, zischte die

Frau in seinem Rücken.

»Dann tu's!«, sagte er.

»Hände hoch!«

»Wozu diesen Western-Unsinn, Gnädigste?«

Offenbar war das zuviel für ihre Nerven.

Urban fühlte, wie sich der Druck der Waffe verstärkte.

Zu dem stumpfen Druck kam noch dieses metallische Abschussklicken.

Gleich bist du tot, dachte er fast fröhlich.

In der Pistole schnappte etwas. Es war der Hebel der Entsicherung. Dann schnappte erneut etwas. Es war der Schlagbolzen, der unter Federdruck stand. Freigegeben vom Abzugsnocken schlug er gegen den Patronenboden.

Sie hatte ihn tatsächlich erschossen. – Glaubte sie.

STARKE EICHE

Kaum waren sie in Paris untergekommen, versuchte Oberst Romanoff seinen besten Kameraden, Major Drigo, zu erreichen.

Es gelang ihm erst am Abend.

»Wird dein Telefon abgehört?«, fragte Romanoff als Erstes.

»Vermutlich.«

»Dann später in dieser deutschen Kneipe.«

»Starke Eiche.«

»Ja dort. Bis dann!«

Das Gespräch hatte nur wenige Sekunden gedauert. Romanoff nahm an, dass Drigo seine Stimme erkannt hatte.

Romanoff versuchte es um 21 Uhr. Doch bis er Drigo über das Telefon der Kneipe erreichen konnte, verging glatt eine Stunde.

Drigo war scharf wie ein Straßenköter.

»Mann, was ist da falsch gelaufen?«

»Alles«, gestand der Oberst. »Fedora hat den alten Pass deiner Frau benutzt. Er ist schon per Post auf dem Rückweg.«

»Das ist doch Hühnerscheiße. Hauptsache du lebst. Alle sagen, du seist tot oder desertiert.«

»Beides«, versuchte Romanoff zu scherzen, »bin ich.«

»Wo steckst du?«

»In Paris.«

»Gratuliere!«

»Aber halbtot. Ich wurde in Berlin zur Sau gemacht. Dieser Araber hat mit Falschgeld bezahlt.«

Drigo, ein Mann, der gern den starken Mann herauskehrte, meinte:

»Gib ihm eins auf die Nase.«

»Leicht gesagt.«

»Wir helfen dir. Da stehen wir wie ein Mann zusammen«, versicherte Drigo, »alle. Kusinski, Oblomow, Jaroslaw und ich.«

»Und Jefimowitsch.«

»Der ist auf Dienstreise. Aber der ist auch dabei, Gospodin.«

»Ja, wir zahlen es diesen ungläubigen Hundesöhnen zurück.«

»Aber wie?«

»Ich habe schon eine Idee«, erläuterte Romanoff. »Sie sind supergeil auf die Hundertzwanzig-A. Wir haben noch einige in Reserve.«

»Schon kapiert.«

»Ich«, fuhr der Oberst fort, »nehme vorsichtig Kontakt auf, oder auch ihr. Aber kein Wort über Falschgeld oder so.«

»Wir bauen eine Falle, meinst du.«

»Und dann kassieren wir ab. Aber doppelt und dreifach.«

»Und wie genau soll das …«

Es gab eine Unterbrechung. Etwas ratterte wie eine Maschinenpistole. Dann war Drigo wieder in der Leitung, aber schwer zu verstehen.

»Ich habe eine Idee.«

»Lass hören, Oberst.«

»Ruf mich an. Von einem sicheren Posttelefon.«

»Wann?«

»Fedora oder ich, einer von uns ist immer erreichbar.«

Der Oberst gab seinem Kameraden, auf den er sich verlassen konnte wie der Herbst auf den Winter, seine Pariser Nummer.

»Lass dir etwas einfallen«, sagte Drigo noch, »wir sind dabei. Hier gehen langsam die Lichter aus. Die Division soll zurück nach Kaluga. In Notunterkünfte. Für ein weiches Bett im Westen riskieren wir Kopf und Kragen.«

»Ja, der Laden bricht bald zusammen«, lautete auch Romanoffs Meinung, »von Leningrad bis Sewastopol.«

»Aber ohne uns.«

»Wenn wir zusammenhalten und keinen Fehler machen, sind wir unschlagbar.«

»Ich bringe schon mal die Hardware Güteklasse A ins Versteck.«

»Das ist das Wichtigste von allem. Und unsere Rente.«

»Noch etwas?«

»Aufpassen!« riet der Oberst. »Überlegt euch jeden Schritt. Man ist hinter uns her. Wer sonst als die Abwehr sollte meinen Lada in Trümmer gelegt haben.«

»Gruß an Fedora.«

»Ich werde es ihr ausrichten.«

»Und bis bald in Paris.«

»Oder dort, wo es lebenswert ist.«

»Gibt es etwas Besseres?«, fragte Major Drigo und legte auf.

Offenbar gab es im Lokal Zuhörer mit langen Ohren.

Als Romanoff ins Hotel zurückkam, stand Fedora in raffinierter Unterwäsche, schwarz mit Spitzen vor dem Spiegel. Sie betrachtete sich bewundernd.

»Steht mir das gut?«

»Ja«, gestand er.

»Steht es mir auch zu?«

»Nein. Noch nicht.«

»Wann?«

»Bald.«

»Aber es gefällt dir.«

»Wem gefiele es nicht«, sagte er und begann ihren Körper von der Luxusunterwäsche zu befreien.

MADAME GEHT LEER AUS

Die Lady im sahnefarbenen Seidenneglig é hätte Urban tatsächlich erschossen, wenn er nicht vorher die Patronen aus der 7,65er Makarow-Pistole entfernt hätte.

Noch einmal sagte er:

»Wozu dieser Unsinn, Madame.«

Dass der Schuss nicht losging und Urbans Kreiselschlag gegen ihre Rechte schneller war, schockte sie. Sie flog geradezu nach hinten, zwei Meter weit bis in die Sofapolster.

Dort landete sie mit gespreizten Beinen und ohne Slip.

Urban nahm es nicht weiter zur Kenntnis. Er hob die Makarow auf, riss das leere Magazin heraus und warf es ihr zu.

»Was soll das, Madame, unter Profis.«

»Du bist ein BND-Agent. Also gegen uns!« zischte sie.

»Und wer bitte, Madame, ist uns?«

Sie reagierte mit einer gereizten Gegenfrage.

»Operieren wir am selben Fall?«

»Wir?«

»Es geht verdammt noch mal um eine Hundertzwanziger-Atomgranate.«

»Mag sein«, hielt er sich zurück.

»Was weißt du«, wollte sie wissen, »von alledem?«

»Mehr als ihr.«

»Wohl kaum.«

Er kombinierte, sein angestammtes Grinsen im Gesicht:

»Trotz aller Tarnung bist du eine Russenagentin. KGB, GRU der Militärischen Abwehr. Das ist unwichtig. Es geht euch um das Loch im Atomwaffen-Bereich.«

»Eine Granate landete bei der PLO.«

»Nicht unsere Schuld, oder?«, bemerkte er fast schadenfroh.

»Aber man schiebt sie euch zu, diese Schuld.«

»Mein Job ist es, das zu klären.«

»Mein Job auch«, gestand sie.

Er goss aus der Wodkaflasche auf dem Marmortisch ein. Zwei Gläser. Eines davon reichte er ihr.

»Auf unsere gemeinsamen Sorgen, Madame.«

Sie trank nur zögernd.

»Wir fürchteten, durch deine Nachforschungen kämen Dinge ans Licht, die uns international in Misskredit bringen. Denn alle haben Angst vor herumzigeunernden Nuklearwaffen.«

Urban fasste ohne Rücksicht auf Diplomatie die Fakten zusammen.

»Einer eurer Offiziere mit Zugang zu A-Waffen hat eine Hundertzwanzig-A an Araber verkauft. Sie feuerten die Granate auf ein israelisches Grenzdorf. Ich finde das nicht sonderlich geschmackvoll.«

»Nun machen euch die Juden deswegen zur Schnecke.«

»Und ich folglich dich«, erklärte Urban locker. »Du bist eine Iwan-Agentin und arbeitest am gleichen Problem.«

Sie sah wohl keine andere Möglichkeit, als ihm einen Vorschlag zu machen. Denn wenn er Hunger hatte, fraß der Teufel auch seinen eigenen Schwanz.

»Kooperation, Oberst Dynamit.«

Da lachte er sie nur aus.

»Das ist das Angebot eines Ertrinkenden.«

Offenbar kannte sie ihn. Er war nicht unberüchtigt dafür, dass er aus jeder Lage das Beste zu machen verstand.

»Was kannst du bieten, Flintenweib?« fragte er.

»Wenig.«

»Dann lass hören.«

Sie hatte nichts auf der Hand und Urban hatte auch nicht viel. Aber minus plus minus gab nicht immer nur Null. Er zäumte das Pferd von hinten auf.

»Warum hast du mich narkotisiert und abgeschleppt?«

»Erst haben wir dich beobachtet.«

»Ich sehe keinen Sinn dahinter. Uns allen, BND und KGB, liegt an der Aufklärung.«

Ihr hübsches, ein wenig flaches slawisches Gesicht bekam jetzt Härte und ihre Stimme ebenso.

»Wir können die Nachforschungen schlecht anderen, dem BND oder dem internationalen Waffenhandel, allein überlassen. Die Sache muss so lange geheim bleiben, die Nachforschungen müssen so lange diskret verlaufen, bis der Fall geklärt ist.«

»Wendet euch doch an den Armee-Oberst aus Döberitz.«

»Der ist vermutlich tot.«

»Im Wagen verbrannte er nicht.«

»Kümmert euch nicht um Romanoff«, schlug sie vor.

»In Jerusalem beschuldigt man uns, wir seien letzten Endes die Verursacher, dass diese verheerende Waffe in arabische Hände gelangte.«

Mit einem Mal begann sie zu lachen. Es war ein unechtes, ein gekünsteltes Lachen. Sie hob die Hand und machte eine Bewegung, als wolle sie Staub wegwischen.

»Was amüsiert dich?«, fragte er. »Was amüsiert Sie, Madame Belfort?«

»Die Tatsache«, setzte sie an und brauchte Sekunden, um sich zu beruhigen, »dass es sich bei dieser Hundertzwanzig-Millimeter-A-Granate um Übungsmunition handelte. Eine Attrappe oder wie nennt man das bei der Infanterie – eine Platzpatrone.«

Von diesem Augenblick an fühlte Urban, dass er verschaukelt werden sollte.

Da es ihr nicht gelungen war, ihn aus dem Rennen zu werfen, versuchte sie es nun anders. – Oder gab es noch einen weiteren Grund? Denkbar schon, aber Urban verwarf es.

Er zählte weitere Fakten auf.

»Und warum strahlt die Granate radioaktiv?«

»Tut sie das?« bemerkte sie, den Kopf schief gestellt.

»Sogar der Kofferraum, in dem Romanoff sie abtransportierte, hatte einen abnormal hohen Geigerzähler-Pegel.«

Sie dachte nach. Natürlich wusste sie, dass sie jetzt eine astreine Erklärung liefern musste.

Sie sagte:

»Ich kann das nicht begründen. Aber wir sind dabei, es herauszufinden. Alles. Woher die Granate kommt, wie der Kontakt unseres Offiziers zu den Arabern entstand, sowie die Modalitäten des Verkaufs. Wir verfolgen jede Spur bis Nahost.«

»Bonn fordert von mir dasselbe«, betonte Urban.

»Nur mit dem Unterschied, dass wir mehr Fäden in der Hand halten als irgendein anderer Geheimdienst«, erwiderte sie. »Mein Vorschlag: Oberst Urban, arbeiten wir fortan zusammen.«

»Wie soll das aussehen, Gnädigste?«

»Du hältst dich zurück, dafür bekommst du von uns das neueste Material, sobald wir darüber verfügen.«

Da sie mit gezinkten Karten spielte, tat auch er es.

»Einverstanden!«

Sie erhob sich, nahm ihn bei der Hand und zog ihn mit sich.

»Gehen wir schlafen, Dynamit?«

Er war einigermaßen überrascht. Doch bei modernen Frauen war alles möglich. Erst recht bei einer stahlhart ausgebildeten Agentin.

Sex war stets grenzüberschreitend. Doch er zögerte.

Sie tat verwundert.

»Gefalle ich dir etwa nicht?«

»Du schon«, gestand er, »aber die Umwelt ist mir zu feindlich.«

»Hast du Angst, Commandeur?«

»Auch das.«

Er spürte ihre erotisierende Nähe und das deutliche Angebot. Leider stand auf der Liste mit den Sollpunkten ein negatives Ergebnis.

Er befreite sich von ihrer Hand und steckte sich eine MC an. Dabei zitierte er Schiller, die letzte Zeile aus dem Gedicht »Der Handschuh«.

»Den Dank, Dame, begehr ich nicht – und verlässt sie zur selben Stunde.«

»Ein andermal?«, fragte sie erstaunt.

»Vielleicht«, sagte er. »Und jetzt ruf mir ein Taxi, oder bring mich zum Bahnhof.«

HUHN BEI HASSAN

Die zwei Kommandantes überwachten die Wartung des Halbkettenfahrzeugs in einem geheimen PLO-Depot nahe Damaskus.

Die 120mm-Haubitze wurde gereinigt, abgeschmiert und nachjustiert. Aber man entdeckte an ihr keinen Fehler.

Der Mechaniker der Kampfgruppe machte einen Motorcheck mit Ölwechsel und kümmerte sich dann um das Chassis des Halftrak, das sehr kompliziert war. Es hatte angetriebene gelenkte Vorderachsen mit Rädern und hinten das Kettenlaufwerk eines Panzers. Es gab Dutzende von Schmierstellen und Differentiale.

Ein Radioingenieur überholte das Funkgerät und baute ein Modul aus.

»Bis wann kriegst du es hin?«, fragte Abu al Jades.

»Nächste Woche.«

»Lasst euch Zeit. Also, bis nächste Woche dann.«

»Neuer Einsatz, Kommandante?«, fragte einer der Palästinenser.

»Ich hoffe.«

»Mit dieser Spezialhaubitze?«

»Schon möglich.«

»Wird es dann hinhauen?«

»Wir müssen alle Bedienungsfehler ausschließen. Dafür werde ich sorgen.«

Dann gingen die Kommandantes weg und bestiegen draußen einen Personenkraftwagen.

Abus Begleiter fuhr den alten Mercedes von dem versteckten Schrottplatz zur Straße, die nach Bagdad hinaufführte.

»Ist das dein Ernst, Bruder?«, fragte er.

»Gehen wir erst einmal essen«, schlug der ältere der Jades-Brüder vor.

Sie parkten in der Al-Malek-Straße und betraten den Souk durch das Osttor.

Im Basar herrschte trotz der späten Stunde noch Leben wie am lichten Tag. Sie schoben sich in engere Gassen, wo ein Restaurant lag, das der Kommandante gern aufsuchte. Es gehörte einem Schwager von ihm. Dort kochte man so, wie er es von den Beduinenlagern her, wo er aufgewachsen war, liebte.

Kaum hatten sie das Lokal unter den niedrigen Gewölben betreten, eilte der Kellner auf sie zu.

»Meinen gewohnten Platz, Hassan«, bat Abu al Jades.

»Wie immer mit dem Rücken zur Wand, nahe dem Hinterausgang.«

»Danke, Hassan.«

Der Platz war besetzt, also machte der Kellner ihn frei, indem er ohne Umstände ein Pärchen anderswo hinsetzte.

Sie saßen kaum, da erschien der Kellner wieder.

»Dasselbe«, sagte Jades, »wie immer.«

Es handelte sich um eingelegtes Huhn, dann Hammelragout auf Reis und Salate. Dazu alkoholfreies Bier, wie es gläubigen Moslems erlaubt war.

Es dauerte nicht lange. Es war so, als habe man auf sie gewartet. Das Huhn wurde serviert, es köchelte noch in einem Rechaud.

Dabei befestigte der Kellner Hassan unauffällig etwas unter der Tischplatte. Es sah aus wie ein Hosenknopf mit einem Faden daran. Der Knopf haftete durch Klebefilm auf dem Holz des Tisches. Sein Inneres bestand aus hochmoderner Abhörelektronik.

Jedes Wort, das die Brüder sprachen, wurde jetzt übertragen. Ein Minitonbandgerät in Hassans Hosentasche zeichnet alles auf.

Hassan war Geheimagent. Der beste Mann des MOSSAD in Syrien.

Die Brüder waren hungrig. Sie sprachen dem Essen zu und sonst wenig. Aber was sie sagten, war brisant.

»Wie ich aus Deutschland höre«, setzte der ältere Jades an, »ging die Bombe in dem russischen Automobil hoch.«

»Ein Schweizer Qualitätsprodukt«, sagte der Jüngere. »Mit dreifach auf Geräusch, Wärme und Bewegung wirkendem Zünder.«

»Aber Romanoff lebt.«

Der Bruder des älteren Jades nahm es gelassen hin.

»An mir lag es nicht.«

»Nein, es lag daran, dass Romanoff den Zug verpasste und auf der Insel blieb. In der Nacht ist vermutlich ein schwerer Lkw zu dicht an seinem Lada vorbeigefahren und hat den Pendelzünder aktiviert.«

»So muss es gewesen sein, Bruder.«

»Besser natürlich, er wäre tot«, meinte Abu al Jades.

»Meinst du wegen des Falschgeldes?«

»Ja, auch deswegen.«

»Vielleicht hat man es noch gar nicht bemerkt. Die spanischen Drucker sind wahre Zauberer.«

»Versuchen wir den Vorteil daraus zu ziehen.«

»Welchen?«

»Den Kauf von weiteren Hundertzwanzig-A.«

»Glaubst du, er hat noch welche?«, zweifelte der Jüngere.

»Mit Sicherheit.«

»Bietet er sie an?«

»Ja, ungefähr. Ich nehme Kontakt auf. Wenn er wirklich sauer ist, dann sage ich: Hör zu, Oberst! Ein Blindgänger gegen Falschgeld. Damit sind wir quitt. – Fangen wir noch einmal bei Null an. Gute Ware gegen gutes Geld.«

Sie schwiegen abrupt, weil Hassan, der Kellner, das Ragout servierte.

Leise fuhr der junge Jades fort:

»Kannst du den Oberst anrufen?«

»Derzeit wohl kaum.«

»Andere?«

»Ja, andere.«

»Bin ich wieder dabei?«

»Einer allein schafft das gar nicht, Bruder.«

»Dann gib mir Einzelheiten. Wer ist der Anbieter, wie erreichst du ihn? Durch persönlichen Kontakt, durch Brief oder mit Telefon?«

Der ältere Jades antwortete nicht. Er schien zu zögern.

»Komisch«, sagte er zu seinem Bruder. »Der Laden gefällt mir heute nicht.«

»Essen gut, Bier gut, warum also?«

»Ich habe das Gefühl, wir werden beobachtet oder belauscht.«

»Dann lass uns gehen, Bruder«, schlug der Jüngere vor.

Sie verzichteten auf den Kaffee und verließen das alte Restaurant in den Souks von Damaskus.

Hassan, der Kellner, räumte ab und entfernte das Untertischmikrofon.

Noch in der Nacht überspielte er im Schnelldurchlauf den Tonbandmitschnitt per Funk zum MOSSAD-Hauptquartier nach Tel Aviv.

Wenige Tage später verschwand Abu al Jades spurlos aus Damaskus.

Zunächst nahmen seine Freunde an, er habe sich wieder einmal zurückgezogen, wie schon öfter. Es war vorgekommen, dass er wochenlang zu seinem Beduinenstamm in die Wüste zog, um dort neue Taktiken oder neue Strategien auszuknobeln. In dieser Zeit führte sein Bruder die in Syrien ohnehin illegalen Kampfgruppen Abu al Jades weiter.

Zu diesem Zeitpunkt ahnte keiner, dass der Kommandante nie wieder nach Damaskus zurückkehren würde, und dass er auf dem Weg zu seiner Geliebten, der Ehefrau eines hohen amerikanischen Diplomaten, von israelischen Agenten abgefangen worden war.

Es handelte sich um ein nahezu perfektes Kidnapping.

Die Israelis brachten den Kommandante zu einem Hubschrauber der israelischen Armee, der nahe Kuneitra, abseits der Hauptstraße nach Beirut, wartete.

Der Turbohelikopter, eine Alouette III, brachte ihn binnen weniger Minuten über die Grenze und weiter nach Tel Aviv.

Dort, im MOSSAD-Hauptquartier wurde der Terroristenführer scharf verhört.

Der ganze Komplex mit der Atom-Granate wurde wieder und wieder aufgerollt. Der Palästinenser gab nur soviel zu, was die Israelis ohnehin schon wussten. Er war völlig übermüdet. Es ging schon seit achtundvierzig Stunden rund.

»Ja, die Granate stammt von den Russen«, erklärte er.

»Und das Falschgeld?«

»Stammt von Freunden aus Algier, die es irgendwoher besorgten«, log er.

»Was ist mit dem russischen Offizier?«

»Tot vermutlich.«

»Oder waren es doch deutsche Lieferanten?«

»Die Germans haben keinen Zugang zu solchen Waffensystemen.«

»Es war ein Blindgänger. Eine Attrappe vermutlich.«

»Blindgänger möglicherweise«, räumte der Kommandante ein, »an eine Attrappe glaube ich nicht. Außerdem haben Sie das Ding doch längst zerlegt.«

Die MOSSAD-Leute besprachen sich zwischen den einzelnen Verhörphasen.

»Die Deutschen waren es keinesfalls«, bedauerte General Ammon.

»Wie zu erwarten.«

»Aber das geben wir nicht bekannt. Der BND soll sich bei der Sache ruhig den Arsch aufreißen.«

»Wo die Granate herkommt, da liegen noch andere. Und die funktionieren wahrscheinlich besser.

»Jades behauptet, er wisse nichts davon.«

»Dann machen wir ihn fertig.«

»In diesem Punkt wird er immer weiter lügen.«

»Wir versuchen es noch einmal. Wenn wir keinen Erfolg haben, dann hat ihn vielleicht dieser Mister Dynamit, der in dem Fall mit drin hängt.«

»Verstehe, General«, sagte der Experte des Teams.

Die Verhöre des Abu al Jades liefen weiter. Doch auf die Frage, woher er die neuen A-Granaten zu beziehen gedenke, schwieg er stur wie ein Granitblock.

»Du hast es deinem Bruder gegenüber angedeutet, Jades.«

»Unsinn!«

Sie spielten ihm das Band vor.

Er behauptete, das sei nicht seine Stimme, sondern eine Fälschung.

Sie drohten ihn zu foltern. Doch er blieb bei seiner Aussage.

Und wenn sie ihn von den Beinen her langsam in Säure auflösten, erklärte er, er wisse nichts davon.

KEINE GROSSEN SCHEINE

Mit Hilfe des in Paris sitzenden Oberst Petar Romanoff hatte sein Divisionskamerad, Major Drigo, Kontakt nach Nahost hergestellt. Er lief ziemlich kompliziert über eine Deckadresse in Frankfurt.

Schon wenige Stunden später rief der Mann aus Frankfurt in Döberitz an.

Da Drigo ihn bat, sich kurz zu fassen, sagte der Vermittler:

»Er kommt nach Berlin.«

»Wer?«

»Der Interessent.«

»Wann?«

»Morgen. Hotel Hilton.«

»Einverstanden.«

»Siebzehn Uhr.«

»Er soll warten.«

Drigo sprach mit den anderen Kameraden der Sechsergruppe abends im Offizierscasino. Sie übertrugen ihm die Abwicklung der Geschäfte und trafen Vorbereitungen für den Fall, dass alles nach Plan verlief.

Wegen seines Dienstes verspätete sich Major Drigos Ankunft im Berlin-Hilton um zwei Stunden. Doch der Araber, der ihn auf seinem Zimmer erwartete, war nicht ungeduldig.

»Jades!«, stellte er sich vor.

»Hab Sie mir älter vorgestellt«, sagte der Russe. »Sind Sie einverstanden, dass wir sofort zur Sache kommen? Ich bin ab Mitternacht Standortoffizier vom Dienst.«

Dem Araber war es nur recht. Er begann mit Angriffen und Vorhaltungen.

»Die Granate war ein Blindgänger.«

»Bestenfalls ein Ausreißer!«, erwiderte der Major. »In der Massenproduktion kommt das trotz sorgfältiger Kontrolle immer wieder einmal vor. Wir haben eine Ausfallrate von weniger als einem Prozent, hinzu kommt die Lagerung. Diese Granate wurde vor achtzehn Jahren hergestellt. Das System, speziell die Zündmechanik, ist sehr kompliziert.«

»Okay, dann hatten wir ausgerechnet diejenige von hundert Granaten, die nicht losging«, sagte der Araber. »Können Sie mir zusichern, dass das auszuschließen ist, falls wir einig werden?«

»Ich kann es garantieren«, übertrieb Major Drigo.

»Und der Preis?«

»Wie gehabt.«

Der Russe hütete sich, das Falschgeld zu erwähnen. Er tat so, als sei die Abwicklung des ersten Geschäftes glatt verlaufen. Er wollte kein Misstrauen erregen. Leute wie dieser Palästinenser witterten Fallen meilenweit.

»Wann?«

»Die Ware ist disposibel«, erklärte der Russe.

»Wo treffen wir uns?«

»An einem Ort, an dem wir nicht in Schwierigkeiten geraten, Sir.«

»Sie denken also an Übergabe auf BRD-Gebiet.«

»So ist es«, bestätigte Drigo.

»Das wäre sehr nachteilig für mich. Wie bringe ich dann die Granate aus dem Land hinaus?«

»Nehmen Sie ein Flugzeug, landen Sie irgendwo im Südwesten.«

Der Araber äußerte schwere Bedenken.

»Gibt es nicht ein Land, in das Sie einigermaßen bequem mit der Granate hingelangen?«

Der russische Major in Zivil zögerte.

»Ja, Luxemburg vielleicht.«

»Und die Schweiz?«

»Da müssen wir uns etwas einfallen lassen, Sir.«

»Ich komme gern für Extraspesen auf«, bot Jades an.

Es ging hin und her, bis man sich endlich einigte. Nur eine Forderung stellte der Russe mit Nachdruck, wenn auch nur pro forma:

»Barzahlung. Keine großen Scheine.«

»Auch wir müssen auf einem Punkt bestehen«, ergänzte der Palästinenser, »gute Ware für gutes Geld. Dazu eine Betriebsanleitung oder eine Artilleriedienstvorschrift, wie Sie das nennen. Nicht in Russisch, sondern ins Englische übersetzt.«

»Ich veranlasse das.«

»Wir akzeptieren auch einen Offizier als Berater, der mit diesen Waffen und dem Umgang damit vertraut ist.«

Drigo versprach für das eine oder das andere zu sorgen.

»Ich werde etwas organisieren. Das bedeutet, wir kommen zu dritt. Der Fahrer, ein Kamerad von mir. Dann der A-Granatenfachmann, ein Offizier, dem ich vertrauen kann, und ich selbst.«

»Wie Sie die Grenze passieren, ist Ihre Sache«, bemerkte der Araber arrogant.

»Aber wenn es in der Schweiz nicht hinhaut, machen wir Sie verantwortlich, Sir«, beharrte der Russe.

Der Araber grinste nur. Wer wollte schon einen Kommandante Jades wofür verantwortlich machen.

Sie zogen Kalender und Karten zu Rate. Sie vereinbarten Ort, Tag und Stunde und ein Codewort für den Notfall.

»Geben Sie es an unseren Frankfurter V-Mann durch«, bat der Araber, »für den Fall, dass etwas danebengeht.«

»Es wird nichts dazwischenkommen«, versicherte der Russe, »schlimmstenfalls kommt es zu einer Verzögerung.«

Der Abschied fiel eher kühl aus.

Der Araber und der Russe hatten sich von Anfang an nicht gemocht.

URBAN TUT, WAS ER KANN

Der BND-Vizepräsident, im Rang immerhin einige Nummern höher angesiedelt als Chef-Agent Oberst Robert Urban, erwischte die Nummer achtzehn noch im Paternoster. Sie fuhren nach unten. Der Vize ließ seinen Kummer aus dem Herzen wie ein MG die Patronen aus den Gurten.

»Versager!«, stöhnte er. »Alles Versager!«

»Hier im Haus?«

»Hier auch, aber besonders in Bonn. Lassen die doch den Botschafter in Moskau wegen der israelischen Anschuldigungen vorstellig werden. Und wie reagiert Moskau?«

»Wie eine komplette Taubstummenanstalt«, vermutete Urban.

»Wir wissen, dass ein russischer Offizier dahinter steckt. Mit Protesten erreicht man da wenig. Ich schätze Diplomatie. Mit Verhandlungen erreicht man mehr als mit Muskelspielen. Aber dieser Schritt in Moskau war totaler Blödsinn. Wissen Sie, was die Russen sagten?«

»Kontrollieren Sie besser Ihre Rechtsextremen und die Neonazis, vermutlich.«

»Warum nehmen Sie mir jeden Gag von der Zunge?«, fragte der Vize, im nicht gerade eleganten, aber erstklassig geschneiderten englischen Wendemantel – links getragen Popeline, rechts getragen Bäckerhosen-Muster.

»Und was jetzt?«

»Egal welchen Unsinn die am Rhein noch treiben. Wir müssen ihnen den Rücken stärken, Fakten liefern, die Wahrheit.«

»Die gibt es nicht«, äußerte Urban.

»Die ungefähre, die angenäherte Wahrheit«, schränkte der Vize ein.

»Neonazis«, bemerkte Urban kopfschüttelnd, »was die haben, sind Ketten oder Schlagringe, Baseballschläger, und wenn es hochkommt, eine Gaspistole. Wie sollen die einen Atomgranaten-Deal durchführen?«

»Tun Sie, was Sie können, Bob«, forderte der BND-Direktor. »Unser aller Augen ruhen auf Ihnen.«

»Ruhe sanft«, erwiderte Urban bitter.

Als der Paternoster unten angekommen war, trennten sich ihre Wege. Der Vize eilte hinaus zu seinem gepanzerten Dienstmercedes, Urban zum Parkplatz, wo sein trommelfeuergehärteter BMW stand.

Aufmunternd hatte ihm der zweite BND-Direktor noch einen Schlag gegen den Oberarm versetzt. Er war ungefähr so kraftvoll wie das letzte Husten eines von DDT betäubten Moskitos.

Urban dachte nach. – Nicht dass er sich in den Arsch getreten fühlte, aber er dachte nach.

Das Einzige was ihm einfiel, war die geile KGB-Agentin aus Nizza.

Madame Romaine Belfort folgte dem Lockruf der Liebe.

Sie betrat Urbans Münchner Penthouse-Wohnung frisch wie der Sommerwind und aufgekratzt, als käme sie aus einem Bad in Champagner.

Sie trug ein duftiges helles Sommerkleid von Yves Saint Laurent. Oben weit und tief ausgeschnitten, von der Taille weg eng, und das Haar glatt nach hinten. Jenseits einer goldenen, mit Steinen besetzten Spange bildete es eine Art Pferdeschwanz, ein wenig nach links hängend. Ihr Make-up entsprach den Farben der Saison.

»Da wäre ich!«, strahlte sie

Sie spazierte herein wie eine Tänzerin, schaute sich um und fand Gefallen an seiner Behausung, obwohl sie mit Sicherheit schon Pompöseres gesehen hatte.

Die weiße Umhängetasche warf sie irgendwohin, sich selbst in einen Sessel und legte die nackten braunen Beine auf den niederen Tisch vor der Couch.

»Was hast du zu bieten, Commandeur?«

»Alles. Musik, Drinks.«

Sie streckte und dehnte sich.

»Das kann nicht alles sein, mon ami.«

»Und ein paar Fragen hätte ich zu bieten.«

»Klar doch«, sagte sie mit ihrem slawisch rollenden Französisch. »Ohne Fleiß kein Preis. Die alte Leier.«

Urban stand mit einer Flasche Champagner vor ihr. Er bevorzugte seinen Bourbon.

Sie musterte ihn mit verhangenen sinnlichen Augen.

»Du musst schwer in der Bredouille sein, Commandeur, wenn du deine fränkischen Grundsätze über den Haufen wirfst.«

»Alles zu seiner Zeit – aber zu seiner Zeit nicht alles.«

»Wie bitte?«

»Ich habe keine Grundsätze«, gestand er. »Alles, bloß keine Messages.«

»Na fein, dann lass uns ins Bett gehen.« Sie schaute sich um. »Nach oben wohl. Oder zumindest, setz dich hin, Colonel.«

Nachdem sie gefragt hatte, wie sie ihm helfen könne, wenn überhaupt, berichtete er über den vergeblichen Vorstoß Bonner Diplomaten in Moskau, um die Vorwürfe der Israelis zu entkräften.

Sie wusste schon davon.

»Was weißt du noch?«, fragte er voll Bewunderung.

»Auch wir ermittelten eine ganze Menge.«

Er goss nach und steckte sich eine Goldmundstück-MC an.

»Wo stehen eure Nachforschungen nach den Waffenschiebern?«

»Oberst Romanoff lebt. Vermutlich in Paris.«

»Die Palästinenser suchen händeringend weitere hundertzwanzig Millimeter A-Granaten«, erwähnte Urban.

»Romanoffs Freunde sollen noch einige davon auf die Seite gebracht haben«, gestand sie.

»Wer sind diese Leute?«

»Eine Clique, die eisern zusammenhält.«

»Natürlich stehen sie in Kontakt mit ihrem Anführer«, vermutete Urban.

»Kein Wunder bei dem Preis, der für so eine Granate zu erzielen ist.«

»Was schätzt ihr?«, fragte Urban, ohne mit konkreten Angaben zu rechnen.

»Bis zu einer Million Dollar«, antwortete sie freimütig.

»Die KGB-Fahndung läuft gewiss auf hohen Touren, oder?«

Sie bewegte den schönen Kopf zweifelnd.

»So lala«, sagte sie. »Vergiss nicht, bei uns in der UdSSR ist alles irgendwie in Auflösung, am Zusammenbrechen. Unsichere Befehlslage bei den Behörden, der Rubel ist nichts mehr wert. Schlechte Versorgung. Chaos. Was bringt die Zukunft, denkt jeder, und nur noch an sich.«

Urban verstand.

»Da sind eine Million Dollar ein feiner Notgroschen, willst du sagen.«

»Ja, das hilft einem leicht aus der Klemme.«

Sie lehnte sich zurück und leerte ihr Glas erneut.

»Neidisch, Madame?«

Sie zuckte mit den halbnackten Schultern.

»Ja.«

»Du haste ein Haus im Westen«, erwähnte er, »vermutlich auch ein Bankkonto, einen Job als Tarnung. Dir geht es doch zuckrig gut.«

»Aber wie viel ist eine Million Dollar, bitte?«

»Welche Geschäfte treibst du eigentlich?«, wollte er wissen.

»Import von Kaviar, Wodka und Krimsekt«, zählte sie auf, »ich vermittle auch Öl- und Erdgaskontrakte. Etwas anderes haben wir nicht anzubieten. Von den Erlösen bestreiten wir unsere Kosten. Aber inzwischen läuft alles langsamer. Manche Geschäfte sind schon zum Stillstand gekommen.«

Noch schien sie nicht am Hungertuch zu nagen. Er hielt den Schmuck, den sie trug, für echt. Der Klunker am Ring war nicht aus Glas.

Sie schob den Rock so hoch es ging.

»Warm hier«, lieferte sie als Erklärung.

Es wäre aber nicht nötig gewesen, die Beine soweit auseinander zu nehmen und das Kleid noch einen Knopf tiefer zu öffnen.

»Was den Nachschub an A-Munition für arabische Feldhaubitzen betrifft«, blieb er beim Thema, »läuft da schon etwas?«

»Vermutlich.«

»Wo?«

»Das ist das Problem. Bei vielen Einheiten, die abgezogen werden, haben Offiziere eine besondere Taktik entwickelt. Sie machen kurz mal Urlaub und fädeln Riesengeschäfte am Schwarzmarkt ein, um ihre Familien durchzubringen. Das sind hunderte von Fällen. Wo sollen wir da ansetzen.«

»Indem man bei den Depots der A-Waffen beginnt. Wo gibt es noch Bestände?«

»Man ist dabei sie zu überprüfen. Aber die Bestandslisten sind alle getürkt. Es gibt dutzende von A-Waffen aller Art. Sie lagern in den Depots der Ex-DDR, in Bunkern, in Stollen unter der Erde. Alles in Kisten oder Spezialbehältern, in Stapeln, auf Paletten, verplombt, in Plastik verschweißt. Sie zu kontrollieren erfordert Zeit und Fachleute. Beides haben wir nicht in ausreichender Menge. Das leistet jeglichem Verbrechen Vorschub.«

»Sieht nicht gut aus«, kommentierte Urban. »Lasst euch etwas einfallen.«

»Zum Beispiel?«

»In diesem Punkt ist der KGB doch der wahre Erfinder aller Tricks. Schnappt euch ein paar Verdächtige, nehmt sie in die Mangel, brecht sie auf.«

»Das ist vorgesehen«, sagte sie, »aber noch streng geheim.«

»Und in der Zwischenzeit machen uns die Israelis weltweit restlos nieder«, fürchtete Urban.

Das war ihr nicht neu.

»Also, was sollen wir tun, Urbanski, mon ami?«

»Hast du Verbindungen in Moskau?«

»Bis in die oberen Ränge«, erklärte sie. »Bin da mit einigen hohen Genossen befreundet.«

»Sehr?«

»Nicht so intim, wie ich gleich mit dir sein werde«, gab sie ihrer Hoffnung Ausdruck.

»Kannst du erreichen, dass sie uns eine Art Persilschein ausstellen?«

Sie bezweifelte es.

»Wie stellst du dir das vor? In Form eines Telex nach Jerusalem: Die A-Granate stammt aus unseren Armee-Beständen und wurde von einem unserer Offiziere an die Araber verscheuert.«

»Klar, dass das nicht geht«, räumte er ein.

»Na bitte.«

»Noch nicht«, ergänzte er. »Aber ich stehe ziemlich unter Druck. Ich habe auch einige Ideen.«

Sie stellte das Glas zurück, stand auf, zog mit einer unvergleichlichen Verrenkung den langen Reißverschluss des Sommerfähnchens auf, bis es zu Boden fiel.

Sie trug darunter nur Höschen und BH. In Weiß. Mit Spitzen.

»Ich habe auch eine Idee«, flüsterte sie.

In den nächsten Stunden, als sie im Bett des Schmieds von Kochel lagen, brachten sie ihre Ideen in Übereinstimmung. Was dabei herauskam, war auch für einen verträumten Schwabinger Sommerabend recht beachtlich.

Sie verriet ihm ihre sensiblen Stellen, ihre heimlichen Wünsche, original aus Russland, und wie man damit umging.

»Weißt du«, fragte sie einmal, »was das bei einer Prostituierten kosten würde?«

»Mindestens tausend Mark«, schätzte Urban.

»Dann bezahle auch bitte.«

»Habe ich nicht schon dreimal?«

»Das ist nicht genug«, stöhnte sie.

GENIAL GENITAL

Damit es nicht auffiel, traten nur Major Drigo und Hauptmann Kusinski aus Romanoffs Clique die Fahrt in die Schweiz an.

Sie hatten sich deutsche Kennkarten besorgt, und Kusinski hatte den Opel-Omega eines deutschen Freundes ausgeliehen.

Am Freitag nach Dienstschluss fuhren sie in Döberitz los. Im Kofferraum führten sie unter einer Decke einen Gegenstand mit. Er war geformt wie ein Stück Ofenrohr. Darüber lagen Koffer, Taschen und Tüten.

»Was sagen wir an der Grenze, wenn sie uns filzen?«, fragte der jüngere Kusinski.

»Sie filzen uns nicht.«

»Was macht dich so sicher?«

»Unser solides Aussehen. Glatt rasiert, kurzes Haar, gediegene Kleidung. Es wird Nacht sein an der Grenze, und es gibt in Europa kein Auto mit so bürgerlichem Image wie einen Opel. Mach dir also keine Sorgen.«

»Und wenn doch?«

»Dann eben doch.« Drigo grinste. »Mir fällt schon etwas ein.«

Sie nahmen die schnellste Route. Von Berlin die Autobahn bis Nürnberg, dann die Stuttgarter. Ab und zu regnete es. Sie kamen rasch durch den starken Wochenendverkehr bis Karlsruhe. Von dort ging es nach Süden. Sie folgten der Touristenroute nach Spanien bis Basel. Der Grenzübertritt verlief glatt.

Nun brauchte Kusinski die Karte.

»Gleich drei Uhr.«

»Neun Stunden für achthundert Kilometer«, rechnete Drigo, »guter Schnitt. Wie geht es weiter?«

»Erst mal nachtanken«, riet Kusinski.

»Wir sind noch fast voll seit Freiburg.«

Sie folgten der Beschilderung Biel-Bern.

»Nicht die Autobahn«, sagte Drigo. »Er will nicht, dass wir uns dort treffen.«

»Wo genau?«

»Zwischen zwei Orten an einem kleinen See. Der eine heißt Magglingen.«

»Bitte buchstabieren.«

Drigo tat es. Kusinski suchte.

»Ich hab ihn. Der andere Ort ist Twann oder so.«

»Genau. Von einem Punkt aus, wo man die Insel im See sieht, bei Kilometer sieben, hat die Uferstraße eine Ausbuchtung. Dort erwartet er uns.«

»Wann?«

»Noch vor Sonnenaufgang.«

»Das ist bald.«

»Wir sind früher da.«

»Und der Oberst?«

»Er weiß Bescheid. Er wartet schon.«

Der Major hatte einige Stunden geschlafen. Zwischen Nürnberg und Karlsruhe war Kusinski gefahren. Drigo ließ sich jetzt nicht mehr ablösen. Er war zu unruhig.

Zwar waren sie abgebrühte Landsknechte, aber es blieb ein dumpfes Gefühl der Spannung.

Als es nach grober Schätzung noch einen Kilometer bis zum Treffpunkt war, sahen sie nördlich der Straße einen Wagen zwischen Büschen. Ein Mann lehnte an dem schweren Kombi. Er hatte eine Zigarette zwischen den Lippen. – Das verabredete Zeichen.

Es war der Obert. Sie fuhren weiter, an der Ausbuchtung der Seeuferstraße vorbei, wendeten und parkten dort, wo man die Insel sehen konnte.

Ein kühler Morgen mit leichtem Wind vom Jura her. Es duftete nach frisch gemähtem Gras und nach dem Rest eines Feuers am Strand.

Die Russen steckten sich ihre Papirossy an.

Ein Milchtanker ratterte vorbei, später ein Lieferauto mit Gemüse. Ab und zu kam schon ein Pkw, doch dann kam wieder lange nichts.

Eine amerikanische Limousine tauchte auf, fuhr aber bis zur nächsten Kurve und verschwand dort. Am Scheinwerferreflex sahen sie, dass der Wagen wendete. Bald näherte er sich wieder und stoppte vor ihnen.

Nun stand Kühler gegen Kühler. Der Opel gegen den Buick.

Sie warteten.

Da bei dem Buick niemand ausstieg, öffneten sie ihre Türen. Dasselbe geschah bei dem Buick.

Dann eine helle Stimme:

»Major Drigo?«

»Abu al Jades?«

»Der bin ich. Ausweis ist nicht nötig.«

»Wir kennen uns ja, Sir.«

Der Araber stieg aus. Die Russen ebenfalls.

»Was wir bei uns haben, ist mehr wert als ein Pass in purem Gold, denke ich«, sagte Jades. »Kommen wir zum Geschäft. Lassen Sie sehen, Gentlemen.«

Sie öffneten den Kofferraum des Opels, räumten die Gepäckstücke beiseite. Der ofenrohrlange Gegenstand unter der Decke wurde sichtbar.

»Darf ich mal fühlen?«

»Erst wenn wir das Geld fühlen«, forderte Drigo.

»Ich will es nur abtasten.«

»Bitte!«

Der Araber fasste hinein, fand den Gagenstand, hart wie Stahl, und war bis zu diesem Punkt zufrieden.

Nun ging er zum Buick und holte einen Aktenkoffer. Er öffnete ihn. Der Russe leuchtete hinein.

Darin lagen gebündelte, gestapelte Banknoten aller Größen.

Sie überprüften die Bündel, zählten sie durch. Es waren siebzig Bündel mit je hundert Hundertern und der Rest Fünfziger.

Sie ließen sich dabei so viel Zeit, dass der Araber drängte:

»Okay, ist es okay?«

»Ja, all right.«

»Holen Sie jetzt das Ding heraus und die Betriebsanleitung. Nein, erst die Anleitung, Gentlemen.«

Sie zeigten ihm die englische Übersetzung der russischen Artillerie-Dienstvorschrift für Benutzung von A-Munition der Kaliber ab 100 mm.

Der Araber überflog sie und steckte sie ein.

»Jetzt die Granate, Gentlemen.«

Während Drigo den Koffer mit dem Geld erhielt, holte der stämmige Kusinski das schwere, ofenrohrähnliche Ding heraus.

Er hatte es noch nicht im Freien, da sah er Bewegung im Dämmerlicht.

»Bitte ohne die Hülle«, bat der Araber.

In diesem Moment wusste Kusinski, dass der Araber das Ding unter Decke, das keine A-Granate war, sondern nur ein mit Messingfarbe bronziertes, zementgefülltes Ofenrohr, nie zu Gesicht bekommen würde.

Hinter den Araber war lautlos Oberst Romanoff getreten und schlug Jades mit dem Lauf einer schweren Armeepistole nieder.

Der Araber wollte schreien. Nächster Hieb. Der Schrei blieb in seiner Kehle stecken. Er wollte sich verteidigen, doch seine Abwehr war nur eine Bewegung der Hände ohne Ziel. – Dann sackte er lautlos zusammen.

»Das Geld ist okay!«

»Nimm du es, Oberst. Bring es für uns in Sicherheit«, bat Drigo.

»Und die Granate?«

»Ein frisiertes Ofenrohr.«

»Fesselt ihn.«

»Und dann?«

»Ich nehme ihn mit. Habe noch eine offene Rechnung mit ihm.«

»Und der Wagen?«

»Schiebt ihn in den See.«

Sie fesselten den Araber und bugsierten den Buick mit der Opelstoßstange in den See, wo er gurgelnd unterging.

Der Oberst holte seinen Citroen-Combi. Als sie den inzwischen gefesselten, aber noch immer bewusstlosen Araber in Romanoffs Wagen hoben, fiel Licht auf seine Züge.

»Verdammt«, fluchte der Oberst, »das gibt's doch gar nicht.«

»Was gibt es nicht?«

»Teufel, das ist er nicht.«

»Wer?«

»Abu al Jades.«

»Ich traf ihn doch in Berlin. Im Hilton. Das ist Abdul al Jades.«

»Er ist es nicht«, beharrte der Oberst. »Seine einäugige Visage könnte ich nie mehr vergessen. Zugegeben, es gibt eine Ähnlichkeit, aber es ist der falsche Mann.«

»Und jetzt?«

»Ich werde ihn beseitigen müssen«, fürchtete der Oberst, »aber jetzt ziehen wir erst mal Leine, Gospodins.«

»Wir halten Kontakt, Genosse Oberst.«

Die zwei jüngeren Offiziere fuhren nach Deutschland zurück und Oberst Romanoff nach Westen.

Derzeit sah er nur zwei Probleme: Was treiben die Palästinenser für ein Spiel, und wie brachte er diesen Burschen nach Frankreich. – Doch vielleicht konnte er ihn auch irgendwie benutzen.

In der Nacht vom Samstag zum Sonntag erreichten die Artillerieoffiziere Major Drigo und Hauptmann Kusinski ihr Kasernenquartier in Döberitz bei Berlin.

Die Freundin von Hauptmann Kusinski, mit der er zusammenlebte, begrüßte ihn und sagte:

»Ein gewisser Romanoff hat angerufen. Bei ihm sei alles glatt gegangen.«

»Von wo rief er an?«

»Aus Frankreich.«

»Nannte er einen Ort?«

»Marseille, glaube ich.«

Der Hauptmann wollte gerade baden, als das Telefon schrillte. Drigo war am Apparat.

»Oblomow hat angerufen. Wir sollen dringend ins Casino kommen.«

»So spät?«

»Er wartet dort mit Jefimowitsch und Jaroslaw.«

Das waren die anderen aus der Clique.

»Bin verflucht müde«, erklärte Kusinski.

»Ich auch. Aber es ist angeblich dringend.«

»Die sind doch nur beunruhigt.«

»Komm rüber, tun wir ihnen den Gefallen. Wir an ihrer Stelle würden auch wissen wollen, wie es gelaufen ist.«

Kusinski eilte also über den großen Exerzierplatz hinüber zum Casino, einem einstöckigen Gebäude, dem besterhaltenen der ganzen Kasernenanlage.

An der Tür erwartete ihn Major Drigo.

»Was ist los?«

»Keine Musik und kein Lärm.«

»Jetzt um zwei Uhr?«

»Vergiss nicht, es ist Wochenende.«

»Da sind alle schon voll.«

Sie stießen die Tür auf und die innere Flügeltür. Die Beleuchtung war wie immer. Ein wenig zu rot. Der Gestank nach Zigaretten und feuchtem Wodka war auch wie immer. Die schweren roten Plüschmöbel standen so da wie immer. Nur vor der Bar stand ein Posten.

Sie gingen weiter und erschraken. Drinnen, an dem großen Tisch, wo sie oft getafelt hatten, saß eine Gruppe von fremden Männern. In ihrer Mitte drei ihrer Komplicen, Oblomow, Jefimowitsch und Jaroslaw.

Oblomow hatte ein Telefon vor sich und eine Pistole an der Schläfe. Man hatte ihn also gezwungen zu telefonieren.

Der Mann, der die Pistole an den Schädel des Kameraden drückte, war in Uniform, aber mit den Spiegeln der Militärischen Abwehr.

Ihre Gesichter, die von KGB-Leuten, wirkten eiskalt und entschlossen.

Drigo sah sofort, was lief und dachte an Flucht. Er wollte kehrt machen, doch hinter ihnen, an der Tür, standen Militärpolizisten mit Maschinenpistolen.

Es gab keinen Ausweg. Der blasse Oblomow am Telefon hob verzweifelt die Schultern.

Und einer der Generäle schnarrte:

»Major Drigo, Hauptmann Kusinski, Sie sind verhaftet.«

Drigo protestierte.

»Was wirft man uns vor, General?«

»Das erfahren Sie in Moskau.«

Man brachte sie in einem geschlossenen Mannschaftstransportwagen zum nächsten Flugplatz, wo eine Iljuschin auf sie wartete.

Noch bei Dunkelheit startete der Kurierjet mit seiner Verräterfracht nach Osten.

TELEFONAT NACH TEL AVIV

Die Nacht mit Romaine Belfort hatte Urban weder angeregt noch verwirrt.

Er brachte die KGB-Agentin zum Flughafen nach Riem und fuhr zum Pullacher Hauptquartier. Dort ließ er alle erreichbaren Fotos und Dossiers von palästinensischen Kommandantes und Führern von Kampfgruppen heraussuchen.

Sie lagen bald vor. Mit Nahostexperten arbeitete er sie der Reihe nach durch.

Einige von ihnen kamen als Abnehmer für A-Waffen durchaus in Frage. Es gelang aber einen nach dem anderen auszusortieren. Die meisten operierten vom Libanon aus oder aus Jordanien. Andere vom Irak herüber oder auch von Libyen.

Von Gruppen, die das äußerst gefährliche Syrien als Basis benutzten, gab es nur zwei.

»Einmal die Dibal-Leute«, sagte der Nahostexperte. »Aber seitdem ihr Führer inhaftiert ist, gibt es fast keine Aktivitäten mehr. Bleiben noch die Jades-Brüder.«

Urban vertiefte sich in die Persönlichkeitsprofile der beiden.

»Sie sind unberechenbar.«

»Ja, abnormal, völlig verrückt und eine Gefahr wie Gaddafi.«

»Sie kaufen Waffen?«

»Wo sie welche kriegen können.«

»Auch nukleare?«

»Das ist der große Traum von allen.«

»Wer finanziert sie?«

»Gaddafi. Aber er hält sie kurz, weil sie eben die verrückten Jades-Brüder sind.«

Urban stieß auf eine Notiz im Dossier.

»Was soll das?«

Der Experte las.

»Wir haben das unter allem Vorbehalt in das Dossier aufgenommen. Es könnte aber sein, dass die Jades-Brüder versuchten, Waffen auch schon mal mit Falschgeld zu bezahlen.«

»Und das bekommt ihnen nicht schlecht?«

»Sie sind gerissen wie Füchse.«

Immerhin war es ein Hinweis, dem Urban nachgehen wollte. Er hatte noch andere Spuren, aber das musste alles erst mühsam abgecheckt werden.

Die Jades-Brüder standen oben auf der Liste.

Als er beim Bundeskriminalamt ihretwegen anrief, war es schon später Nachmittag. Er ließ sich das Faschgelddezernat geben.

Urban, so gut wie ohne Hoffnung, formulierte vorsichtig.

»Wäre es möglich, dass in den letzten Wochen verstärkt Falschgeld aufgetaucht ist?«

»Es taucht täglich auf. Können Sie Ihren Verdacht lokalisieren, Urban?«

»Norddeutschland.«

»Genauer bitte. Westen, Osten, Küstenbereich, Brandenburg?«

Diese Frage ließ Urban darauf schließen, dass sie beim BKA etwas hatten.

»Bereich Rügen bis Berlin«, tippte er.

Der Kollege staunte.

»Sind Sie Hellseher?«

»Schon immer«, sagte Urban. »Bin ich etwa fündig geworden?«

»Nun, wir stellen seit Tagen in Berlin das Auftauchen von falschen Tausendmarkscheinen fest. Unsere V-Leute in der Szene hörten, es ginge um eine mittlere Partie von etwa einer Million.«

»Woher stammen die Blüten?«

»Angeblich von deutschen Herstellern, was wir jedoch für unmöglich halten, denn es ist Falschgeld von allererster Güte.«

»Sie haben eine der Banknoten?«

»Zwei«, bemerkte der BKA-Kollege. »Eine von einem Restaurant, das sie bei der Bank in Zahlung gab. Die andere stammt von einem Ganoven, der sie wechseln lassen wollte. Es sind fotomechanisch geätzte Platten. Farbe wie im Original, erstklassiges Papier, Leinen mit Baumwolle. Die Grundstoffe haben echt Spitzenqualität.«

Urban wusste viel, aber noch nicht genug.

»Seit wann sind die Blüten auf dem Markt?«

»Eine bis zwei Wochen.«

»Was lässt sich über die Herkunft ermitteln?«

»Unser Experte im Labor tippte erst auf Italien. Inzwischen ist man aber sicher, dass es sich um Hersteller in Spanien handelt. Eine Druckerei wurde erst vor kurzem in Barcelona ausgehoben.«

Urban hatte zusammen, was wichtig für ihn war.

Dann nahm er die Fotos und ein Flugzeug nach Katalonien.

Coronel Erneste Segovia, Chef der Brigada Investigaciòn, einer der wenigen guten Freunde von Robert Urban, verschaffte dem BND-Kollegen Einlass in eine Haftanstalt, in der vorwiegend Wirtschaftskriminelle untergebracht waren.

Auf der Fahrt vom Aeropuerto nach Pedralve weihte Urban den BIS-Chef ein.

Erneste hatte davon gehört und wünschte Urban, dass er in Barcelona zum Schuss komme und lud ihn für später zum Essen ein.

Im Zuchthaus marschierten sie die schier endlosen vergitterten Gänge entlang. Endlich sperrte der Beamte eine eiserne Türe auf.

In der Zelle hockte ein Männchen, eher Wichtel als Riese. Der Falschmünzer war mit Kreuzworträtseln beschäftigt.

Urban hatte nur wenige Fragen.

»Haben Sie deutsche Tausender gedruckt?«

Der Wichtel blickte nur kurz auf.

»Das ist eine besonders gelungene Arbeit gewesen.«

»An wen haben Sie geliefert?«

Die Antwort kam eher zögernd.

»An mehrere Abnehmer. An Leute in den USA und in Nahost.«

Urban zeigte ihm Fotos. Nicht nur eines, denn aus Erfahrung stiegen Zeugen meist sofort darauf ein. Urban legte auch Fotos von Leuten vor, die gar nicht in Frage kamen. Nur eines von Abu al Jades war darunter gemischt.

Der begabte Graveur und Drucker schenkte den Fotos kaum einen Blick. Denn wenn er schon einen Tipp gab, wollte er Vorteile dafür.

»Kriege ich Zigaretten?«

»Sogar Wein«, versprach Segovia.

»Zuverlässig?«

»Seguro. Aber jetzt schau hin, Mann!«

Der Häftling deutete auf ein Foto. Es war das von Abu al Jades.

»Sind Sie sicher?«, vergewisserte Urban sich.

»Dieser Mann holte die Blüten persönlich ab. Und ich habe Augen wie Kameralinsen.«

Urban und Segovia tauschten Blicke und nickten.

»Gracias!«

»Wann war das?«

»Bevor man uns aushob.«

»Im Mai«, ergänzte Segovia, der die Akte kannte.

Urban sagte noch einmal Gracias, dann gingen sie.

»Und meine Vergünstigungen?«, rief der Häftling hinter ihnen her.

»Das könnte dir so passen«, brummte Segovia.

Sie fuhren zu den Ramplas und gingen in einen Posada, um eine Paella zu essen.

Am späten Nachmittag flog Urban nach München zurück. – Da die BND-Cessna anderweitig gebraucht worden war, mit der Lufthansa.

Vermutlich war es undiplomatisch, aber Urban konnte sich nicht beherrschen.

In München war es später Abend, in Tel Aviv schon 23 Uhr, aber bei MOSSAD wurde immer lange gearbeitet.

Urban hatte insofern Glück, als er einen hohen MOSSAD-Offizier an den Draht bekam, mit dem er zufällig nicht auf Kriegsfuß stand, und der auch mit dem Fall »120-mm-A-Granate« befasst war.

»Störe ich Sie, General Ammon?«

»Immer.«

»Ich fasse mich kurz. Drei Sätze, eine Minute.«

»Schießen Sie los, Dynamit!«

»Wir haben jetzt die Beweiskette dafür, dass die Al-Jades-Gruppe die Atomgranate verschoss.«

»Alter Hut, alter Junge.«

»Bezahlt hat Jades mit Falschgeld an einen russischen Artillerieobersten. Die Blüten wurden in Barcelona gedruckt und an ihn geliefert.«

Der Israeli hatte dafür nur ein kurzes abgehacktes Lachen. Er lachte so, wie es nur drahtige Männer zustande brachten.

In Urbans Ohr erzeugte es jedoch ein nachhaltigeres Echo als das hohe C bei dicken Tenören.

»Das wissen wir längst«, erklärte Ammon.

»Warum beschuldigen Sie uns dann weiter?«

»Weil der Handel mit der Granate in der Bundesrepublik Deutschland stattfand, und es die Aufgabe Bonns ist, so etwas zu unterbinden.«

Urban kannte sie und versuchte es trotzdem.

»Fairness, alter Freund. Sie verlangen Unmögliches.«

»Ich bin nicht Ihr Freund, Dynamit.«

»Na schön, dann keine Fairness, alter Feind. Aber das ist doch alles konstruiert. Die Palästinenser kauften bei einem russischen Offizier.«

Nun erwiderte der Israeli:

»Was für ein Quatsch! Was erzählen Sie mir da. Wir haben diesen Kommandante längst in unseren Händen. Der Kauf fand auf Rügen statt, also auf einem Territorium, für das Sie, die Deutschen, verantwortlich sind. Wie zu befürchten ist, werden noch mehr dieser verheerenden Mordwaffen den Weg nach Nahost und zu uns finden. Schon der nächste Schuss führt zu einem katastrophalen Desaster.«

Sie waren unerbittlich. Mitunter, wenn es um ihre Sicherheit ging, missachteten sie jede Vernunft und jede Logik. Urban hatte andererseits auch Verständnis dafür. Zuviel war ihrem Volk von den Nazis zugefügt worden.

»Gibt es einen Konsens, General Ammon?«

»Keinen.«

»Was verlangen Sie?«

»Diese Leute haben noch viele von diesen Hundertzwanzig-A-Granaten in Reserve. Dass sie nicht auf unsere Städte gefeuert werden, das ist unsere Forderung.«

»Ich tu, was ich kann.«

»Ja, vor allem suchen Sie stets Ausflüchte.«

»Sie kennen mich, General«, sagte Urban. Es klang wie ein Versprechen.

»Ja, Sie sind der größte Bastard von allen.«

»Danke, ebenfalls!«

Urban hängte auf.

NICHT TIEFER ALS EIN GRAB

Im alten KGB-Hauptquartier in der Moskauer Dzerzhinskystraße über den berüchtigten GRU-Kerkern, wurden die verhafteten Artillerieoffiziere verhört.

Zunächst fanden die üblichen Befragungen statt.

Da sie keine Ergebnisse erbrachten, zog man die Schrauben stärker an. Doch die Artillerieoffiziere aus Döberitz sagten alle das Gleiche aus.

Sie wussten nichts von Oberst Romanoffs Verbleib, nichts von seinen Geschäften, nicht wie es ihm ging. Sie hielten ihn für tot, für das Opfer eines Sprengstoffattentats.

Mit dem Verschwinden von A-Waffen hatten sie nicht das Geringste zu tun.

Sie waren immer linientreue, korrekte, vaterlandsliebende Offiziere gewesen, gemäß ihrem Eid. Über die A-Waffendepots hätten sie laut SMV nur die Kontrolle ausgeubt. Ihre Laufbahnakten würde es beweisen. Die seien makellos. Gegen das Verfahren protestierten sie und forderten ein Militärgericht, das ihre Unschuld beweisen würde.

Es war die übliche Reaktion von intelligenten Tätern.

Beim KGB traten jetzt die Psychologen in Aktion.

Jeder nahm sich in stundenlangen Sitzungen einen der Verdächtigen vor. Diese verhielten sich weiterhin so hartleibig, als seien sie wirklich engelrein.

Es gab viele Fakten, die gegen ihre Unschuld sprachen. Wenn sie jedoch stumm blieben, war ihnen kaum beizukommen. Denn es fehlten die konkreten Beweise.

Schließlich gelang es bei der Konferenz der Analytiker einen Offizier herauszufinden, dessen Psyche offenbar weniger widerstandsfähig war.

Es handelte sich um den Oberleutnant zweiten Grades Oblomow.

»Er ist die dünnste Stelle in der Sechserbande«, erklärte der Chefpsychologe des KGB, »den nehmen wir uns gezielt vor.«

Für Oblomow wurde ein Experte bestimmt, der aussah wie ein Schüler in einem Priesterseminar, es aber faustdick hinter den Ohren hatte.

»Es ist wie im Krieg«, sagte der Chefpsychologe. »Wenn ein Bunker geknackt ist, dann fallen die anderen wie Dominosteine.«

Der junge Psychologe begann ganz harmlos. Zunächst präzisierte er längst bekannte Fakten.

»Name, Beruf, geboren?«

»Gregorij Oblomow, Oberleutnant zweiten Grades. Geboren in Minsk am vierten Februar neunundsechzig.«

»Wer sind Ihre Freunde in der siebten Division?«

Der aschblonde blauäugige Offizier zögerte, als gebe es da Vorbehalte.

»Hauptmann Kusinski, die Majore Jaroslaw und Drigo, Oberst Romanoff.«

»Haben Sie da nicht einen vergessen?«

»Ja, Jefimowitsch.«

»Warum haben Sie vorhin gezögert, Oberleutnant?«

»Ich kann mich nur schwer konzentrieren, Doktor.«

Das lag an den Drogen im Tee. Der Psychologe wusste es.

»Kein Wunder. Aber warum haben Sie gezögert?«

»Weil ... weil diese Offiziere nicht meine Freunde, sondern nur meine Kameraden sind.«

»Oder Komplicen.«

»Wobei?«

»Manipulation mit Truppenausrüstung und Schwarzmarktgeschäfte.«

»Darüber bekam ich als Oberleutnant doch gar nichts zur Kenntnis, Doktor.«

»Es geht um Ihre Mittäterschaft. Als Offizier in der Standortverwaltung hatten Sie Zugang zu den Waffendepots.«

»Nicht allein.«

»Natürlich nur gemeinsam mit Oberst Romanoff, oder dessen Vertreter Major Drigo ...«

»Oder mit deren Unterschriften«, schränkte Oblomow ein.

»So haben Sie die A-hundertzwanzig-Granate beiseite gebracht«, behauptete der Psychologe.

»Davon weiß ich absolut nichts«, entgegnete der Oberleutnant stur wie schon die ganze Zeit vorher.

»Eine Reihe von A-hundertzwanzig sind verschwunden. Eine wurde bereits verkauft. Von Ihrem angeblich toten Regimentskommandeur Romanoff.«

»Davon ist mir nicht mehr als den anderen bekannt, Doktor.«

Oblomow begann zu schwitzen.

»Aber Sie wissen von Major Drigos Reise in die Schweiz.«

»Nichts Genaues.«

»Sie sagen die Unwahrheit, Oberleutnant Oblomow. Der Lügendetektor hat ergeben, dass Sie von dieser Stelle an die Unwahrheit sagten. Wissen Sie, was auf dem Spiel steht, sowohl für unser Land, wie für Sie persönlich.«

»Mich trifft keine Schuld, Doktor.«

Oblomow spielte nervös mit den Fingern.

»Aber man hat die UdSSR in eine verdammt prekäre Lage gebracht. Und wir werden die Sache aufklären. Das sind wir der Welt schuldig. Für A-Waffen in Terroristenhand gibt es kein Erbarmen.«

»Ich bin unschuldig«, beharrte Oblomow trotz beginnender Nervenkrise.

»Oblomow«, sagte der Verhörpsychologe, »die Wahrheit kennen Sie, und wir kennen sie auch bald. Das bedeutet Verurteilung. Vermutlich die Todesstrafe oder zwanzig Jahre Strafarbeit in Sibirien. Mindestens. Je nach dem Grad Ihrer Schuld. Sie werden Ihre Ehefrau und Ihren Sohn nie mehr wieder sehen. Man wird Ihrer Familie alle Zuwendungen streichen, um den Schaden dadurch auszugleichen. Sie werden im Straflager verkommen und verhungern. Sie werden im Uranbergbau verfaulen. Ihre Zähne werden ausfallen, dann die Nägel. Nachdem Sie erblinden, zerfallen Ihre Knochen und Ihr Fleisch. Anders geht man mit Verbrechern, die sich an der Union bereichern wollten, nicht um.«

»Das ist mir bekannt, Doktor«, beharrte der junge Offizier, dessen Sturheit der Psychologe fast schon bewunderte.

Doch der junge Oberleutnant hatte erst damit angefangen sein Leben zu leben. Dies im Gegensatz zu den anderen, die schon vierzig und fünfzig waren.

»Sie haben sich alles selbst zuzuschreiben, dass Sie der Verführung erlagen, schnell reich zu werden, und letztendlich Ihren schmerzhaften Untergang.«

Der Psychologe wirkte noch einige Zeit beschwörend auf Oblomow ein, nahm dann seine Akte und ging.

An der Tür blieb er noch einmal stehen.

»Sie haben eine einzige Chance«, bot er an. »Die Reue. Die tätige Reue durch Mitarbeit. So etwas würde das Sondergericht würdigen. – Was ist besser, Oblomow: Ein paar Jahre in einer Zelle in der Lubjanka ... oder ein Grab in Workuta? Ich würde es mir überlegen. – Also, denken Sie nach!«

»Ich bin unschuldig!«, schrie der junge Offizier jetzt völlig fertig.

»Aber Sie haben wenig Zeit. Bald kann es zu spät sein, Oblomow.«

Der Psychologe ging und war sicher, dass er es auch diesmal nicht geschafft hatte.

Aber eines war ihm aufgefallen: Das letzte Wort des Oberleutnants, sein Schrei, war voll tiefer Verzweiflung gewesen.

Womit niemand gerechnet hatte, trat mitten in der Nacht ein.

Im Dunkel der Zelle, beeinflusst durch Angstdrogen im Tee, stand Oberleutnant Oblomov es nicht mehr länger durch.

Er hämmerte an die eiserne Kerkertür und rief nach dem Psychologen.

Der ließ sich Zeit, den Rettungsanker zu werfen. Als er kam, stand Oblomow zitternd unter der an einem Draht herabhängenden 40-Watt-Birne. Er machte drei Schritte auf den Psychologen zu und brach zusammen.

Auf den Knien, in völliger Panik, flüsterte er: »Ich möchte ein Geständnis ablegen.«

Wie sich ergab, hatte die Clique um Oberst Romanoff – von diesem sorgsam ausgesucht – ein halbes Dutzend A-120 Granaten zur Seite gebracht, als diese vom Depot in Döberitz zu einem Armeestandort nahe der polnischen Grenze verlegt wurden.

»Verdammt raffinierte Hundesöhne«, fluchte einer der mit dem Fall befassten KGB-Offiziere. »Sie haben die Granaten noch gar nicht entwendet, sie vergaßen nur, sie zu übergeben. Das heißt, sie haben sie zurückbehalten. Und dann, als kein Fehlbestand bemerkt wurde – zu diesem Zeitpunkt war der Transport schon abgegangen – holten sie die Granaten aus dem Versteck und gruben auf dem Panzerübungsgelände ein Loch.«

»So kann man es auch sehen«, höhnte einer der KGB-Leute.

»Der Patient starb also nicht an Lungenentzündung, sondern am Hustensaft. – Wo genau auf dem Panzerschießplatz liegt dieser Dreck?«

Oberleutnant Oblomow hatte ihnen eine Skizze angefertigt.

»Ist es ein Bunker?«

»Wo denken sie hin, Genosse Major«, sagte der Sachbearbeiter. »Sie haben ein Loch gegraben, zweimal vier, nicht größer und nicht tiefer als ein Grab. Da hinein versenkten sie die A-hundertzwanzig. Es sollen noch fünf Stück sein. Dann kam Plastik darüber, eine schwere Blechplatte als Deckel und Graswasen.«

»Ohne Markierung?«

»Keine Markierung. Aber wenn man den Radarturm in der Ferne anpeilt, im

Süden eine hohe Funkantenne und eine Schneise im Wald, liegt das Versteck genau im Schnittpunkt. Natürlich muss man wissen, wo man die Kreuzpeilung anstellen kann. Es ist hier auf der Karte angekreuzt.«

»Weiß der Teufel, wie die das so heimlich still und leise schafften?«

»Bei einem Nachteinsatz per Regimentsbefehl. Sie dirigierten die Kompanie anderswohin und spuckten in die Hände. Es waren sechs kräftige Männer. Sie hatten außerdem einen Kleinbagger. Es war in einer Stunde zu machen.«

Nun wurde eine Blitzkonferenz einberufen. Die Entscheidung musste fallen, die nötigen Befehle waren rasch zu erlassen.

»Sofort aus der Erde mit der Munition!«, entschied der General.

»Durch wen? Durch Pioniere?«

Der General hämmerte mit der Faust auf den Tisch.

»Nach diesem und noch anderen Vorgängen ähnlicher Art habe ich zum Heer, zur Luftwaffe und zur Marine kein Vertrauen mehr. Nein, das müssen unsere eigenen Leute machen.«

»Die Berliner Residentur?«

»Wer ist nahe dran und wer ist zuverlässig?«

Ein Abteilungsdirektor zählte auf:

»Die Stationen Frankfurt/Oder, Magdeburg, Neuruppin.«

»Wer ist mit dem Fall befasst, und wer hat Zugriff zu dem benötigten Gerät?«

»Magdeburg.«

Sie beschlossen, die KGB-Station in Magdeburg dafür einzusetzen.

»Per Telefon?«

»Sind Sie wahnsinnig!«, schrie der General. »Nur Funk ist noch sicher in diesem Misthaufen von Korruption und Verrat. Die Telefone werden doch alle abgehört. Von den Deutschen, von der CIA, was weiß ich.«

»Also per Funk.«

»Aber mit Code vierelf mehrfach überschlüsselt. Den kennen nur unsere eigenen Leute. Bis die Standortfunker ihn geknackt haben, ist der Mist raus aus Brandenburger Erde. Also, sofort per Funkspruch nach Magdeburg. Dreimal überschlüsselt.«

Das war in der Nacht vom Donnerstag zum Freitag.

Als das KGB-Kommando aus Magdeburg sechsundzwanzig Stunden später zum Panzerschießplatz bei Döberitz fuhr, nach einigem Suchen den Erdbunker gefunden hatte und öffnete, war das Granaten-Grab leer.

Sie entdeckten frische Reifenspuren. Sehr tiefe, denn es hatte geregnet. Die Grasnarben waren in Eile ziemlich unachtsam auf dem eisernen Deckel verteilt worden.

»Zu spät, verdammt!«, fluchte einer der KGB-Leute.

Und sein Mitarbeiter meinte:

»Da war einer vor uns da.«

»Oder in Moskau sind sie auf einen Lügner hereingefallen.«

Sie rollten den Kleinbagger wieder auf den Lkw, packten das Hebezeug und die Kisten dazu und fuhren nach Magdeburg zurück.

Wenig später setzte ein hektischer Funkverkehr zwischen der KGB-Zentrale und ihrem mitteldeutschen Außenposten ein.

NACH HAUSFRAUENART

Oberst Romanoff und die Romanowa hatten am südlichen Stadtrand von Marseille ein kleines Haus gemietet. Es lag an einem Kanal, der von der Küste hereinführte. Zu dem Haus gehörten eine Garage und ein Segelboot.

Bezahlt war das Ganze für einen Monat. Danach hoffte das russische Ehepaar zu wissen, wie es weiterging.

Nach seiner Rückkehr aus der Schweiz war der Oberst hundemüde und schlief erst einmal. Dann weihte er seine Ehefrau Fedora, der er voll vertraute, in seine Pläne ein.

»Punkt eins: Ich muss das Geld in Sicherheit bringen.«

»Für unseres haben wir ein Konto in Paris angelegt.«

»Ich meine die Million des Arabers.«

»Ein neues Konto würde ich nicht eröffnen«, riet die praktisch veranlagte Fedora, »das macht nur misstrauisch, und sie halten dich für einen Gangster, für einen Mafioso, der Geld waschen möchte.«

Daran hatte Romanoff auch schon gedacht.

Während er Marmelade auf Toast schmierte und seinem Kaffee noch ein paar Tropfen Sahne gab, sagte er:

»Ich dachte an ein Bankschließfach.«

»Wenn du eines kriegst.«

»Bei einer kleinen Bank auf dem Lande gewiss.«

Sie hatte Zweifel.

»Bei kleinen Banken gibt es eher Schließfächer, das mag zutreffen, aber auf dem Lande merken sie sich jeden Kunden. Geh zu einer großen Bank, zu der größten, und schmier den Mann, der es zu entscheiden hat, tüchtig ab.«

Sie besprachen die Einzelheiten. Da es ein freundlicher Nachmittag war, beschlossen sie, die Sache sofort in die Wege zu leiten.

»Aber vorher ist der Araber dran.«

»Womit?«

»Erst muss er raus aus dem Kombi.«

Sie gingen hinten durch den verwilderten Garten in die Garage und öffneten die Hecktür des Citroen CX, um den Gefangenen herauszuholen.

»Er fühlt sich steif an«, stellte Fedora fest.

»Die Kälte. Die Araber frieren leicht. Aber sie halten eine Menge aus.«

»Und er stinkt wie eine Pissbude.«

»Kein Wunder.«

Sie zogen den Gefangenen ins Freie, um ihn in den Keller zu schleppen. Romanoff beugte sich über ihn.

Der Araber lag da mit offenen Augen, gelber Haut und ohne jede Reaktion.

Romanoff fasste ihm an die Halsschlagader. Kein Puls. Dann knipste er sein Feuerzeug an und hielt es ihm ans linke Auge. Auch Pupillenreaktion erfolgte keine.

»Ich glaube, er ist tot«, murmelte er.

»Dann weg damit!«, erklärte die Romanowa kurz entschlossen nach Hausfrauenart. »Er ist gestorben. Andernfalls hättest du ihn töten müssen. Der Himmel hat dir die Arbeit abgenommen. So wirst du nicht zum Mörder.«

»Bin da nicht so sicher«, fürchtete der Oberst.

»Vergiss nicht, sie hatten es auch auf dich abgesehen. Schon in Stralsund. Und dann das Falschgeld. Kein Mitleid und keine Gewissensbisse also.«

»Los, schleppen wir ihn in den Keller.«

»Unsinn!«, entschied die Romanowa, »willst du ihn einsalzen oder was? Damit sie ihn finden, wenn wir weiterziehen. Bring ihn weg und vergrabe ihn irgendwo.«

Sie packten den Araber wieder in den Kombi, dazu Gartenwerkzeug.

Romanoff brauchte einen Wodka, ehe er wegfuhr.

Er holte die eisgekühlte Flasche aus dem Freezer.

Da die Romanowa wusste, wie die letzten Tage ihrem Ehemann zugesetzt hatten, begleitete sie ihn.

Sie fuhren aus der Stadt nach Norden auf Aix zu. Aber dort war nur karstiges Steingelände. Also bogen sie auf die Distriktstraße ab nach Osten und weiter in Richtung Toulon.

Vor dem Cole del'Ange, einem kleinen Pass, zweigten sie ab und kamen in ein Wäldchen mit weichem Boden.

Während der Oberst grub, sicherte seine Ehefrau die Umgebung.

»Nur ein paar Jäger«, sagte sie. »Aber sie gehen in anderer Richtung. Beeile dich, Petar!«

Das Grab für den Araber war eher eine Mulde. Sie rollten ihn hinein, warfen Erde darauf, Steine, dürres Holz und Laub. Dann machten sie, dass sie wegkamen.

In einer Waschanlage ließen sie alle Erd- und Lehmspuren am Citroen beseitigen. Zuhause wusch ihn Fedora innen noch mit heißem Wasser und Spülmittel aus.

Zwei Tage später suchte der Oberst mehrere Banken auf.

Fedora sollte wieder einmal Recht behalten. Bei den kleinen und mittleren Banken war kein Schließfach zu bekommen. Aber bei der Credit de Provence hatten sie eines, wenn auch nur ein großes und deshalb ziemlich teures.

Der Oberst deponierte die Million Dollar des Arabers in einer Stahlkassette vom Umfang eines Schuhkartons für Reitstiefel. Er bekam einen Schlüssel, vereinbarte ein Kennwort, bezahlte für ein Jahr die Miete und unterschrieb.

Zufrieden betrat er die Bar nebenan.

Es war einfacher gewesen, als angenommen.

»Das ist eine uralte Geschichte«, sagte Fedora beim Abendessen. »Schönes Wetter am ersten Reisetag bedeutet schlechtes Wetter im Urlaub.«

»Es ist entweder so«, meinte Romanoff, und zum ersten Mal lächelte er wieder, »oder auch umgekehrt.«

»Und komm nicht schon wieder in Panik, wenn du einen Polizisten siehst«, fuhr sie fort. »Geh nicht vor jedem Knall in Deckung. Es ist kein Krieg und es sind keine Schüsse.«

»Klar, wir sind nur einfache Touristen.«

»Aber vergiss das nicht.«

Sie tranken auf der kleinen Terrasse am Kanal eine Extraflasche.

In der Nacht liebten sie sich seit Wochen zum ersten Mal wieder heftig.

Am nächsten Tag unternahmen sie einen Ausflug in die Camargue zu den weißen Pferden und zu den schwarzen Stieren. Romanoff richtete sich auf ein angenehmes, wenn auch etwas langweiliges Leben ein.

»Die Kameraden müsste ich verständigen«, sagte der Oberst immer wieder.

»Die stehen bald vor der Tür«, warnte ihn Fedora, »sie wollen nur ihr Geld.«

Das war an dem Tag, an dem die Polizei die Leiche des toten Arabers fand.

Der Hund eines Jägers hatte ihn, auf der Suche nach einem angeschossenen Kaninchen, aufgeschnüffelt und den Kopf von Erde freigescharrt.

Der Mordkommission war es möglich, den Toten zu identifizieren, denn er trug seinen Pass in einem Lederbeutel an einer Seidenschnur um den Hals.

Wenig später kam die Sache in die Presse. Dazu Foto und Name.

MAN KOMMT VORAN

Urban glaubte sich in einem Tunnel zu befinden, dessen Ausgang durch Erdrutsch verschüttet war. Er musste also umkehren und durch den langen Tunnel zurückmarschieren. – Wenn er an den Weg dachte, wurde ihm schlecht.

Alles, aber auch alles, lief schief.

Israel zeigte kein Entgegenkommen, sondern sich weiterhin unfreundlich. – Bonn übte immer stärkeren Druck aus, auch auf den BND. – Der russische Oberst war in Frankreich nicht aufzufinden. – Und von der KGB-Agentin Romaine Belfort kam auch kein aufmunternder Hinweis.

Vom Verfassungsschutz sickerte durch, dass in Döberitz, einem Standort der Roten Armee, größere Verhaftungen im Offizierscorps stattgefunden hätten. Offenbar brachte man die Offiziere, man sprach von einem halben Dutzend, mit dieser Geschichte und dem Verschwinden von Oberst Romanoff in Verbindung. Sie seien am Sonntagmorgen auf KGB-Anordnung nach Moskau geflogen worden.

»Dort sitzen sie in Verhörkerkern. Und niemand außer den KGB-Leuten hat je noch Zugang zu ihnen«, fürchtete Urban.

»Was sollen wir tun?«

»Wir können gar nichts tun«, sagte Urban. »Die Scheißverträge behindern uns hinten und vorne.«

Urban sprach auch mit seinem Freund Gil Quatembre vom französischen Geheimdienst SDECE. Er machte ihn auf Oberst Romanoff scharf, von dem es hieß, dass er in Paris untergeschlüpft sei.

Gil bekam auch ein Foto des Mannes, von dem Romanoff das Falschgeld erhalten hatte.

Gil versprach, dass er sich persönlich reinhängen wolle, aber garantieren könne er für nichts.

Klar, in einer Weltstadt wie Paris gab es genug Szenen. Die der Einbrecher, der Dealer, der Hehler, der Killer, der Straßenräuber, der Spione, auch die von Emigranten und Deserteuren. Und dieser Russe würde wissen, wie er sich zu verhalten hatte. Er würde die Treffpunkte meiden und kaum Fehler begehen.

»Zumindest hält er sich von Orten fern, wo er in eine Kontrolle oder in eine Razzia geraten kann«, fügte Gil hinzu.

Er hatte noch immer die helle Konfirmandenstimme und trug wohl auch noch seine Schülermütze und die Drahtbrille.

Bei der Frühkonferenz blickte der Vizedirektor Urban lange und erwartungsvoll an.

Von Urban kam kein Signal.

Enttäuscht beendete der Vize die Besprechung.

Urban fuhr nach unten, ging ins Casino und nahm einen Kaffee ohne Cognac. Nicht einmal seine MC mundete ihm.

Auf halbem Weg zu Professor Stralman ins Basement, kam eine Durchsage. Er wurde ins Archiv gebeten.

Er durcheilte die paar hundert Meter in raschem Schritt. Als er eintrat und fragte, wusste keiner etwas. Bis ein ziemlich mickriger Karussellschiebertyp hinter einem Regal auftauchte.

»Haben Sie nicht kürzlich nach arabischen Terroristen gefragt, Oberst?«

»So ist es.«

»Wir lieferten Ihnen ein ganzes Sortiment. Aber es war wohl nichts Passendes dabei.«

»Kaum Brauchbares«, bestätigte Urban.

»Ging es nicht um die Jades-Brüder?«

»Der Ältere ist derzeit in Tel Aviv in MOSSAD-Verwahrung.«

»Und der Jüngere studiert noch irgendwo an der Sorbonne oder so.«

»In Verona, hörte ich.«

»Er unterbrach wohl sein Studium«, sagte der yoghurtsüchtige Archivar. »Eben rief mich Bader von der Medienauswertung an.«

»Sie meinen die von den Radio- und Fernsehspielen.«

»Ja die. Sie sitzen den ganzen Tag vor dem Bildschirm oder mit Hörern auf dem Kopf. Aber Bader ist von der Auswertung Druck und Papier.«

»Komm schon!«, drängte Urban, nicht weil er in Eile war, sondern ohne Lust, sich Interna anzuhören.

»Bader und ich gehen manchmal einen heben. Da redet man dies und jenes. Daher weiß er, dass wir etwas mit den Jadesbrüdern am Hut haben.«

Urban schaute auf die Uhr.

Der Archivar verstand die Geste und kam endlich zu den Fakten.

»Bader macht die Sektion Spanien und Frankreich. Er fand etwas über Ali al Jades in der Zeitung.«

Da war Urban schon draußen und fuhr zu den Medienanalytikern.

Der Mann, der Bader hieß, hatte ihn offenbar schon erwartet, oder man hatte ihn telefonisch verständigt. Vor ihm lag eine französische Zeitung. Der in Marseille erscheinende Écho de Provence.

»Zweite Seite unten links«, sagte Bader, der seinem Freund, dem Archivar, nicht unähnlich war.

Urban faltete die Zeitung auf. Bader wollte den Text übersetzen.

»Danke, ich kann etwas Französisch«, sagte Urban.

Und das war es dann.

Es traf Urban wie der Gummihammer des Arztes das Knie seines Patienten, um es zu einer hüpfenden Reaktion zu bringen.

»Total toter Mann«, sagte Bader, »noch gefesselt, im Wald bei Marseille verscharrt. Mord. Klarer Fall.«

»Klarer Fall«, sagte Urban, meinte es aber anders.

Die Jades-Brüder waren Kommandantes. Auch der Jüngere, obwohl er noch als Student galt. Keiner handelte ohne den anderen. Abu al Jades der Ältere hatte mit dem Erwerb der A-120 zu tun. Er hatte mit Falschgeld bezahlt, das aus Barcelona stammte. Jetzt saß er bei MOSSAD auf dem Verhörstuhl, und sein jüngerer Bruder betrieb die Geschäfte weiter. – Was stand dabei vornean. Doch der Waffenkauf, am besten einer A-120, diesmal einer funktionierenden. Sie hatten die Kontakte zu dem Russen, oder zu dessen Clique aufgenommen. In Frankreich sollte offenbar der Handel stattfinden. Doch sie hatten den Araber umgelegt. Aus Rache für Stralsund? – Frankreich war groß, aber der Fundort der Leiche lag nahe bei Marseille. Vermutlich hatte dieser Oberst den Standort gewechselt.

Dann musste er in Marseille zu finden sein. Dies mit Sicherheit eher als in Paris, wenn auch nicht leichter.

Urban wusste, was er zu tun hatte.

München-Marseille mit dem Flieger, alles in allem, kostete mindestens fünf Stunden. Mit dem 633-CSi, wenn er flott fuhr, brauchte er vielleicht acht Stunden. Aber dann war er vor Ort motorisiert.

Urban meldete sich beim Chef der Operations-Zentrale ab.

Urban genoss jegliche Unterstützung. Dafür sorgte schon der SDECE, der sich nicht gern russische Läuse in den Pelz setzen ließ.

Urban durfte den Toten sehen. Doch der Araber gab nicht viel her.

»Am Fundort der Leiche waren Spuren«, sagte der Commissaire.

Sie gaben gerne Tipps, um andere Tipps zu bekommen. Außerdem war ihnen Urban als Kapazität bekannt.

»Wir fanden auch Reifen- und Fußabdrücke.«

»Was für ein Wagen war es?«

»Citroen Combi. Das alte CX-Modell.«

»Und die Schuhabdrücke?«

»Kleine eckige Löcher, wie sie Absätze von Damenpumps hinterlassen.«

Das brachte Urban nur wenig. War doch der russische Oberst samt Ehefrau abgehauen. Die Ehefrau schon ein paar Tage vorher.

Urban zeigte ein Foto von Oberst Romanoff.

»Lassen Sie das Foto vervielfältigen und Uniform wegretuschieren. Er trägt gewiss Zivil. Und lassen Sie alle Autohändler, Hotels und Wohnungsvermittler befragen.«

»Naturellement«, meinte der Commissaire, »anhand des CX-Combi lässt sich schon einiges eliminieren und vielleicht auch aufklären. Das Ministerium wünscht es. Dringend.«

Urban wusste, dass das alles nicht genug war. Es konnte zwar weiterhelfen, aber es musste noch andere Wege geben. Er begann an den Fakten herumzuknabbern wie ein Hund an einem alten Knochen.

Der russische Oberst hatte den Palästinensern eine A-120-Granate verkauft. Sie hatten mit Falschgeld bezahlt und wollten ihn in seinem Auto in die Luft sprengen. Wenn die Russen sich auf ein neues Geschäft eingelassen hatten, war es mit Sicherheit als Falle gedacht. – Nun war der jüngere Jades gekommen. Diesmal gewiss nicht mit Falschgeld. Der Oberst hatte ihn mit Hilfe seiner Kameraden erwartet, umgelegt und verscharrt. – Doch wo blieb das Geld? In einem Persilkarton unter Romanoffs Bett? Seine Kameraden konnten es nicht mit nach Hause nehmen. Es war zu heiß. In dieser Menge viel zu heiß. Also hatten sie es dem Oberst zu treuen Händen überlassen. – Und Romanoff? Kaufte er eine Kassette, oder ein Einmachglas und vergrub es? Wohl kaum.

Vielleicht legte er ein Konto an. – Aber so viel Geld bei einem Ausländer erzeugte stets Misstrauen. – Vielleicht mietete er ein Schließfach.

Urban wollte in dieser Richtung etwas versuchen.

Er ging los und rief ab und zu bei der Kripo an.

Der Commissaire sagte:

»Wissen Sie schon, dass die Leiche keine erkennbaren Beschädigungen aufweist. Nur eine leichte Beule am Hinterkopf. Daran stirbt man nicht. Die Todesursache ist vermutlich Kreislaufversagen infolge der Fesselung, oder Erstickung durch einen Knebel.«

»Merci«, dankte Urban. »Was Neues vom Automarkt?«

»Nein, aber Sie sollen Ihre Zentrale anrufen, Oberst.«

Das tat Urban. Es lag aber nichts Besonderes vor, abgesehen von der Tatsache, dass der MOSSAD ihn hatte erreichen wollen. Offenbar war die Nachricht von Ali al Jades Tod auch in Tel Aviv angekommen. Vielleicht ging es aber auch um etwas anderes.

General Jonas Ammon sei unterwegs in Europa, wurde Urban unterrichtet, und versuche ihn zu sprechen.

»Sagt ihm, ich sei geplatzt.«

Urban legte auf.

Begleitet von einem Beamten der Sûreté Marseille, machte Urban sich auf die Ochsentour durch die Banken.

Nach fünf Stunden wollte der Beamte aufgeben.

»Schon sechzehn Uhr. Die Banken schließen gleich.«

Urban deutete schräg über die Place J. Jaurés.

»Nur diese da noch.«

»In diesem Marmorpalast eröffnet kein Russe ein Konto.«

Sie überquerten die Straße, gingen hinein und wurden fündig. Romanoff hatte kein Konto eröffnet, aber er war von einer Angestellten gesehen worden.

»Kein Zweifel, Madame?«

»Kein Zweifel, Monsieur«, bestätigte sie.

Dem Direktor war es unangenehm. Offenbar hatte er eine Zuwendung erhalten und sich darüber hinweggesetzt, dass an Ausländer keine Schließfächer vermietet werden durften.

Immerhin gestand er ein, dass er an diesen Mann auf dem Foto ein Schließfach vermietet hatte.

Nur der Name habe anders gelautet.

»Wie nannte er sich? Kommen Sie uns nicht mit dem Bankgeheimnis, Monsieur.«

»Doktor med. Reimers«, stotterte der Banker. »Er machte einen gediegenen Eindruck, Messieurs.«

»Das Fach öffnen!«, forderte der Kripobeamte.

»Dazu brauchen Sie einen richterlichen Beschluss.«

»Lassen Sie es öffnen, Monsieur Directeur! Im Namen der Sûreté. Es wäre besser für Sie.«

Urban bremste den Kollegen.

»Das hat Zeit. Ist sowieso nur Geld drin.« Urban wandte sich an den Bankdirektor. »Die Adresse dieses Reimers?«

Die Karteikarte wurde überprüft.

»Wir verabredeten nur ein Codewort, Messieurs«, bedauerte der Banker.

»Welches?«

»Das darf ich nicht herausgeben.«

»Also keine Adresse und kein Codewort.« Der Kripobeamte fluchte. »Das kommst Sie teuer zu stehen, Directeur.«

Urban versuchte es diplomatischer. Er fragte dies und jenes, und erfuhr, dass die Bank nicht sofort auf den Wunsch des neuen Kunden wegen eines Schließfaches eingegangen sei. Dann habe man den Mann aber verständigt.

»Wie verständigten Sie ihn?«

»Wir riefen an. Das ist durchaus üblich.«

»Seine Telefonnummer bitte.«

Sie war angeblich nicht auf zutreiben. Dann endlich doch.

»Ihr Glück, Monsieur«, erklärte der Kripobeamte, »sonst hätten wir Sie wegen Missachtung der Vorschriften und wegen Kompetenzüberschreitung am Arsch gekriegt.«

Sie eilten zum Dienstwagen des Beamten. Er sprach mit seiner Zentrale. Wenig später bekamen sie die Adresse, die zu der Telefonnummer gehörte.

»Das ist in Bompard, einem Vorort im Südosten.«

»Nichts wie hin!«, schlug Urban vor.

Bevor der Kripobeamte seinen Peugeot anließ, rief er über Funk Verstärkung herbei.

Man kam voran.

ENDLICH SCHWEIGT FEDORA

Oberst Romanoff sah das Bild des Toten in der Zeitung. Er schob das Blatt seiner Frau hin. Fedora übersetzte.

»Das ist ungenau«, kommentierte sie.

»Aber jetzt haben sie uns.«

»Noch nicht.«

»Hast du eine Ahnung von deren Fahndungsapparat.«

»Wir müssen weg«, entschied die resolute Fedora.

Sie packten in Eile das Nötigste und warfen es in den Kombi.

»Meine Ahnung«, sagte der Oberst. »Sie observierten uns.«

»Wer denn bitte?«

»Der KGB.«

»Ach was! Hätten wir doch die Leiche ins Meer geschmissen. Wer rechnete denn mit dem Hund eines idiotischen Karnickeljägers.«

Es dauerte weniger als eine halbe Stunde, dann hatten sie alles im Citroen und fuhren los.

»Wohin?«

»Der Nase nach«, sagte Fedora, »ist doch egal wohin.«

»Am besten Spanien oder Italien.«

»Was ist näher?«

»Italien.«

»Also Italien.«

Sie verließen die Stadt, nahmen aber nicht die Autoroute nach Genua, sondern die Riviera-Küstenstraße.

Oberst Romanoff, der sensibler war als seine resolute Ehefrau, hatte es im Gefühl, dass man sie bereits suchte. Er beherrschte sich mühsam.

»Sie sind hinter uns her.«

»Reg dich ab!«, sagte Fedora. »Schalte das Radio ein.«

»Kriegt es Polizeifunk herein?«

»Das versprach der Verkäufer.«

Sie versuchte es. Was durchkam, waren meist Störfrequenzen. Aber es herrschte starker Sprechverkehr auf allen Wellen. Man sah ungewöhnlich viele Polizeistreifenwagen und sie waren auch mit Hubschraubern unterwegs.

Einer der dunkelblauen Polizeihelikopter flog nur wenige hundert Meter von der Küstenstraße entfernt über dem Wasser hin und her.

»Sieht nach einer größeren Operation aus«, schätzte Romanoff.

»Gewiss nur eine Übung«, beruhigte ihn Fedora.

»Der Fehler war, nicht nach Westen zu fahren.«

»Wenn sie einen suchen, dann suchen sie ihn überall«, fürchtete Fedora.

Von La Ciotat nach Bandol gab es eine Reihe von Tunnels. Der Oberst fuhr nur ungern hinein.

»Wenn sie den Tunnelausgang sperren, wind wir geliefert.«

»Vergiss nicht das Licht anzumachen«, lenkte Fedora ihn ab, »sonst bist du in jedem Fall geliefert. Da kennen die hier kein Pardon.«

Romanoff schaltete Licht an und ließ es auch weiterhin brennen.

Zwei Polizisten auf schnellen BMW-Motorrädern überholten sie, fuhren dann langsamer, winkten sie nach rechts heraus, hielten sie aber nicht an. Sie machten die Straße für zwei schnelle Mannschaftstransportwagen frei.

Die Lkw rasten vorbei und verschwanden.

Hinter La Seyne-sur-Mer standen sie dann da. Die Polizei baute gerade eine Straßensperre auf. In breiter Front schwärmten andere mit Hunden aus, offenbar, um das Gelände abzusuchen.

»Die wollen etwas Bestimmtes«, vermutete Romanoff.

»Aber dich gewiss nicht.«

Um Toulon führte eine Umgehungsstraße nach Norden herum. Schon im Begriff abzubiegen, fiel Fedora ihrem Mann mit der linken Hand ins Lenkrad.

»Durch die Stadt, Petarowitsch.«

»Das kostet Zeit.«

»Aber in einer Stadt bist du sicher. Sie können nicht mit Kontrollen den ganzen Verkehr stoppen. Und noch etwas: Toulon liegt von Marseille sechzig Kilometer entfernt. Das ist schon ein anderes Departement.«

»Kommandobereich, meinst du.«

In Toulon, durch das sie sich im dichten Vorabendverkehr quälten, bekamen sie den Polizeifunk deutlich herein.

»Die üblichen Durchsagen«, übersetzte Fedora, »nichts Besonderes.«

Sie schaltete das Gerät ab.

»Das Gequatsche regt dich nur auf.«

In Toulon fühlte der Oberst sich sicher, aber es kostete sie glatt eine Stunde, bis sie die Straße nach Hyères erreichten.

Hier gab es auffallend weniger Polizei.

Bei einer elf-Station fuhr Romanoff heraus um vollzutanken.

»Nicht einmal für ein fluchtbereites Auto konntest du sorgen«, schimpfte Fedora. »Möchte wissen, wie einer wie du es bis zum Regimentskommandeur bringen konnte.«

»Das ist etwas anderes«, entgegnete er matt.

»Nein, es ist dasselbe. Das Leben fordert immer Mut, Entschlossenheit und Tatkraft.«

»Bei der Armee erhalte ich meine Befehle.«

»Und wer sie befolgt, wird General«, höhnte sie, ging ins Büro der Tankstelle, bezahlte und kaufte etwas Proviant ein. Bier in Dosen, Käse, Brot und Dauerwurst, alles abgepackt. Im Hinausgehen nahm sie noch eine Autokarte und Zeitungen mit.

Sie fuhren weiter.

»In den Zeitungen steht nichts über die Person des Toten.«

»Du hast es selbst gelesen. Sie suchen einen Citroen-Combi und eine Frau mit hohen Pfennigabsätzen.«

»Davon gibt es Millionen.«

»Was macht dich so ruhig?« fragte er verwundert. Dieser fatalistische Zug war ihm neu bei Fedora.

»Deine Feigheit«, erklärte sie, »und dein Mangel an Selbstvertrauen bringen mich dazu.«

Sie waren schon bald in Hyères.

»Noch hundertzwanzig Kilometer bis Italien«, rechnete Romanoff, »zwei Stunden.«

»Mach dir nicht in die Hosen, Mann!«

»Aber«, setzte er an, »was würdest du tun, wenn sie uns kriegen?«

Sie lachte nur.

»Du bist der Oberst, ich bin nur dein Muschik.«

»Mitgegangen mitgehangen. Sie würden uns glatt an Moskau ausliefern. Und dort ginge es uns nicht sonderlich gut.«

»Es ginge uns sogar beschissen«, sagte Fedora. »Aber die Franzosen wollen uns gar nicht. Die suchen etwas anderes. Wegen eines toten arabischen Revolutionärs ziehen die kein solches Affentheater auf.«

»Sie haben hier eine andere Vorstellung von Gesetz und Ordnung«, gab er zu bedenken.

»Schau auf die Straße!«, mahnte sie und schaltete das Radio wieder ein.

Der Polizeifunk kam jetzt klar durch. Romanoff verstand nur wenig, aber seine Frau, als ehemalige Französischlehrerin, verstand alles.

Mit einem Mal wurde sie recht schweigsam.

»Hast du einen Schluck Wodka, Petar?«

»In der Türtasche.«

Sie trank, steckte sich eine Zigarette an, rauchte hastig und sagte lange nichts.

»Was ist?«

»Sie machen Ringfahndung. Was bedeutet das?«

»Wo?«

»In der Provence und im Bezirk Alpes-Maritimes bis runter zur Côte.«

»Ringfahndung ist die höchste Stufe von Fahndung überhaupt. Da kommt kein Schwanz mehr durch.«

»Verdammt! Wir sind nicht irgendwelche Schwänze«, fluchte sie, »du bist du und ich bin ich.«

Hinter einer Kurve, es war so friedlich, ohne Gegenverkehr, bei angenehmer Temperatur und noch genügend Sonne, fuhren sie auf eine Straßensperre auf. Sie kontrollierten gerade eine Reihe von Fahrzeugen.

Romanoffs Kombi wurde mit einer Kelle zum Einordnen gebeten.

In Panik gab der Oberst Gas.

»Bist du verrückt!«, schrie Fedora.

Da war der schwere Citroen schon wieder in voller Fahrt.

Die Polizisten sprangen zur Seite. Der Wagen durchbrach die rotweißen Sperrgitter und schleifte sie mit.

Sofort wurde hinterher geschossen. Kugeln schlugen ins Blech. Doch das hielt den Citroen nicht auf. Was ihn stoppte waren die Stachelmatten, die über die Straße gerollt waren und die Reifen lochten.

Der Citroen schlingerte, brach aus, kam quietschend zum Stehen.

Hinter ihnen heulten Sirenen auf.

»Schluss der Vorstellung«, sagte der Oberst, griff zwischen die Sitze und hatte etwas in der Hand. Es schimmerte wie graues Gusseisen, war gerippt und doppelt so groß wie ein Hühnerei.

Fedora fragte entsetzt:

»Was ist das?«

»Eine Eierhandgranate, meine Teuerste.«

Der Oberst entfernte mit den Zähnen den Sicherheitsstift.

»Und?«

»Damit entgehen wir ihnen.«

»Wie?«

»Für immer.«

»Was willst du damit?«

Da ließ er den Federbügel, der, wenn er freikam, die Zündung auslöste, wegspringen.

»Das«, sagte er jetzt völlig ruhig.

»Bist du wahnsinnig!« schrie sie und wollte den Wagen verlassen.

Romanoff hielt sie fest. Seine letzten Worte waren:

»Ich liebe dich, Fedora!«

Dann waren die drei Sekunden um.

Die Explosion der Handgranate riss alles in Fetzen.

UND WIEDER LEUCHTET URBANS ROLEX

Sie hatten das kleine Haus am Kanal, das der Russe mit seiner Ehefrau gemietet hatte, eilends durchsucht.

»Ausgeflogen«, stellte der Commissaire fest. »Ich gebe Alarm. Lange kann es nicht her sein. Der Tee in der Kanne ist noch warm.«

Während sie das Haus verließen und der Commissaire zu seinem Wagen ging, sah Urban drüben an der Ecke der Straße einen langen schwarzen Cadillac stehen.

Die KGB-Agentin saß hinter dem Lenkrad und rauchte eine Zigarette.

Romaine Belfort sah ihn kommen. Er schob sich neben sie. In ihren Zügen stand Verachtung.

»Was seid ihr doch alle für Idioten.«

»Nicht nur wir, ma Chere.«

»Ohne diese Polizeiaktion hätten wir ihn bekommen.«

Urban zeigte ihr die Zeitung mit dem Bild von Ali al Jades und dem Artikel.

»Das versetzte ihn in Panik.«

»Bei uns würde man sie zuerst fassen, dann darüber schreiben.«

»Wie«, fragte er, »wolltest du ihn denn fassen?«

Sie sagte es ihm.

»Die ganze Verräterclique sitzt in Moskau. Einer gab uns die entscheidenden Tipps. In der Nacht zum Sonntag rief Romanoff aus Marseille in Döberitz an, dass er gut durchgekommen sei. Er nannte ihnen sogar seine Telefonnummer. Wir fanden sie in einer Offizierswohnung auf einen Zettel notiert. – Der Rest war leicht.«

»Ja dann!«, seufzte Urban.

»Wir sind der größte und effizienteste Geheimdienst der Welt.«

»Hier im Westen läuft alles ein wenig anders, Madame. – Jetzt bist du verbittert.«

»Und wie, denn auch das A-hundertzwanzig-Depot der Sechserbande war ausgeräumt.«

Urban sah im Rückspiegel, wie der Commissaire ihm Zeichen machte.

Er verließ den Cadillac und sagte noch:

»Romanoff wird seinen Lohn bekommen. Und du, für deine unendliche Mühe natürlich auch.«

»Ach, geh zum Teufel, du Aas!« zischte sie wenig liebevoll.

»Du auch!«

Sie ließ an und fuhr mit zuviel Gas weg.

Urban setzte sich neben den Commissaire.

»Großalarm läuft«, sagte der. »Hat sie nach unseren Maßnahmen gefragt?«

»Agenten ihrer Qualität gehen ihre eigenen Wege«, meinte Urban.

»Russin?«

»Ja, KGB.«

»Was hat die hier zu suchen?«

»Dasselbe wie wir, nämlich Oberst Romanoff. Sie, Commissaire, suchen ihn wegen Mordes, wir wegen der israelischen Vorwürfe, der KGB wegen der Atom-Granaten.«

»Das ist illegal.«

»Stimmt«, sagte Urban. »Ich weiß es, Sie wissen es, aber wir haben jetzt wohl Wichtigeres zu tun.«

Die laufenden Meldungen besagten, dass ein Citroen Combi, besetzt mit zwei Personen, in Richtung St. Raphael-Cannes fahre.

»Alle Straßen«, versicherte der Commissaire, »sind dicht. Ich fahre hin. Kommen Sie mit, Colonel?«

»Ich bin ja schon dabei«, sagte Urban.

Als sie am Schauplatz bei Le Lavandou ankamen, ging es auf 18 Uhr.

Die Trümmer des explodierten Wagens und die Reste der Leichen waren schon beiseite geräumt. Es war äußerst mühevoll gewesen, sie aus dem Chaos von Blech, Stahl, Glas, Kunststoff und Gummi zu bergen.

»Wie im Krieg, nur alles ekliger«, sagte einer der Beamten.

»Gott sei Dank bekamen wir sie.«

»Was haben Sie befürchtet, Colonel Urban?«

»Schlimmes.«

»Vermutlich Selbstmord durch Handgranate«, meinte einer vom Erkennungsdienst. »Wir fanden einen Sicherungsstift.«

»Und das da!«

Ein jüngerer Beamter hielt einen flachen Sternschlüssel hoch, und eine angekohlte Bankvisitenkarte.

Der Commissaire entzifferte, was auf die Karte geschrieben war.

»Hundertzwanzig. Was soll das? Ein Maß?«

»Wenn das der Schließfachschlüssel ist«, sagte Urban, »bedeutet hundertzwanzig das Codewort. Äußerst sinnig. Es ging um hundertzwanzig-Millimeter-A-Granaten.«

»Und was glauben Sie ist im Schließfach?«

»Ein Haufen Geld, Messieurs.«

»Wem gehört es?«

»Keinem«, äußerte Urban. »Es stammt aus einem Waffenhandel. Aber die Beteiligten sind ja tot.«

»Was machen wir damit? Geben wir es an Unicef?«

»Da weiß man nie, wo es landet. Am besten Sie versaufen es mit Ihren Leuten. Aber nicht gleich prassen.«

Ein Stück entfernt parkte wieder der schwarze Cadillac.

Mit einem Fernglas schaute Romaine Belfort den Arbeiten am Wrack des Citroen zu.

Als Urban näher kam, zischte sie giftig:

»Gewonnen!«

»Kein totaler Sieg leider, Madame.«

»Was erwartest du noch?«

»Eine Menge«, gestand Urban. »Aber etwas anders, als ihn auf diese Weise loszuwerden, hätte ich mir schon gewünscht.«

Er lehnte am hinteren Kotflügel und schaute sie an, wie sie dastand. Schön, elegant, aber unerbittlich.

Rasch schob sie das Fernglas in den ledernen Köcher.

»Ach verdammt, leck mich doch!«, fluchte sie, stieg ein und fuhr Richtung Nizza davon.

Wenig später traten auch der Commissaire und Urban die Rückfahrt an.

In den Tunnels bei Cassis wurde es stockfinster. Urban, der gerade eine MC aus den Zähnen nahm, machte wieder jene merkwürdige Beobachtung.

Die Leuchtziffern seiner Rolex zeigten wieder dieses hellgrüne Sprühen, das mehrere Tage anhielt und offenbar von radioaktiven Strahlen ausgelöst wurde.

Er hatte Professor Stralman von der Technischen Abteilung des BND befragt. Stralman war der Meinung gewesen, dass Leuchtfarbe durchaus durch Energiestrahlung angeregt werden konnte. Egal ob ihre Basis Radium oder Phosphor war.

Doch das spielte jetzt keine Rolle.

»Können Sie mir einen Geigerzähler verschaffen, Commissaire?«, fragte Urban.

»Ich trage in der Regel keinen bei mir«, witzelte der Commissaire.

»Und wenn Sie die Regel nicht gerade haben?«

Schweigen.

»Sind Ihre Rettungsfahrzeuge damit ausgestattet?«

»Wohl kaum. Aber wozu brauchen Sie so ein Gerät, Colonel?«

»Es gab Strahlung«, behauptete Urban.

»Der Citroen war leer.«

»Es kann auch anderswo gewesen sein.«

»Sie meinen im Haus?«

»Wir müssen es durchsuchen. Also besorgen Sie mir dringend einen Geigerzähler.«

»Was noch alles?«

»Das war's dann«, sagte Urban hoffnungsvoll.

Es war schon spät, als Urban mit seinem BMW an jene Stelle der Küstenstraße kam, wo die Familientragödie der Romanoffs stattgefunden hatte.

Er leuchtete sie ab.

Außer einer dunklen Stelle zwischen Asphalt und Straßenrand war nichts mehr zu sehen. Das Säuberungskommando hatte perfekt gearbeitet.

Urban maß die Stelle mit dem Geigerzähler. Eine abnormale Strahlung war nicht feststellbar.

Er fuhr zur Präfektur in Hyères. Dort sagte man ihm, dass das Wrack zwecks Untersuchung in der Polizeigarage stehe. Die Box sei plombiert.

Obwohl langst Dienstschluss war, riefen sie den Staatsanwalt an. Der ließ die Box für Urban öffnen.

»Dauert nur wenige Minuten«, versicherte er.

Sie gaben ihm einen Beamten mit.

Um 22 Uhr standen sie vor den verkohlten Überresten des CX-Combi.

Alles was man am Schauplatz gefunden hatte, mit Ausnahme der Leichenreste, befand sich in Blechwannen und das Zusammengekehrte in Müllsäcken.

Urban nahm seine Messungen vor und unterbrach sie kurz.

»Wo sind die Leichen?«, fragte er.

»Sie meinen die Überreste. – Vermutlich im Kühlfach, bis die Pathologie und der Staatsanwalt sie freigeben.«

Urban hatte gefragt, weil er an einer Stelle des Wracks, wo normalerweise der Fahrer saß, geringfügig höhere Strahlung gemessen hatte,

Vielleicht trat sie dort auf, weil Oberst Romanoff hin und wieder Umgang mit den A-120-Dingern gehabt hatte und noch leicht strahlte. Die Strahlung hatte sich auf den Sitz übertragen, wenn auch mit geringer Dosis. – Für den Transport einer A-120-Granate im Citroen war die Strahlung zweifelsfrei zu niedrig.

»Schon erledigt.«

Urban packte den Zähler ein.

»Die Leichen liegen im Keller der Pathologie. Aber die ist zu um diese Stunde.«

»Merci, gar nicht nötig.«

Er unterschrieb in der Präfektur der Ordnung halber ein Papier, dann bestieg er wieder sein altes Coupé.

Lange Zeit saß er ratlos da. Es lag nicht daran, dass er vergessen hatte, wie man Auto fährt. Er überlegte nur, wie er es anstellen musste, um allen Fehlern nicht noch einen neuen draufzusetzen.

Dann steckte er den Schlüssel ins Zündschloss, drehte ihn nach rechts und fuhr weiter.

MITTEN IN DIE STIRN

Normalerweise faszinierte Urban der Anblick von Lichtern einer Stadt, die an einer weiten Meeresbucht lag. – Es gab nur wenig Schöneres. Vielleicht den Anblick einer attraktiven Frau oder den eines gut gefüllten Glases mit gelbbraunem Bourbon ohne Rocks.

Heute Nacht fand Urban nichts auf der Welt gut, schön, oder in Ordnung. Mit dem glitzernden Nizza vor sich, bog er auf der Höhe von La Napoule in die Berge ab.

Obwohl er nur einmal hier gewesen war, fand er die Straße zu der Villa auf dem Hügel.

Ein Stück weiter unten, an einer Stelle, wo zwei Autos aneinander vorbeikamen, parkte er.

Auf dem Weg zu Madame Romaine Belfort kam ihm ein Taxi entgegen. Es war leer, ohne Fahrgast also.

Das Tor zu der Villa war geschlossen. Aber droben, vor der Garage, stand der fünfeinhalb Meter lange schwarze Cadillac.

Urban stieg über die Mauer, deren Höhe wegen der Straßensteigung abnahm und kam lautlos auf.

Die Garage war halb offen. Im Parterre brannte kein Licht, nur in Romaines Schlafzimmer war es hell. Er hörte einen Fernsehapparat und sah dessen wechselnde Bildreflexe.

Urban hob das angekippte Garagentor um einen Meter, ging hinein und knipste seine Kugelschreiberlampe an. Ihr Kegel wanderte über Regale, Autoreifen, über einen Rasenmäher und eine Schlauchtrommel.

Rechts führte die Tür ins Haus. Sie war versperrt.

Im Regal fand er Draht. Er bog ihn zurecht und brauchte nur wenige Minuten um hineinzukommen.

Der Geigerzähler tickte normal.

In der Küche, in der Wohnhalle, war es nicht anders. Nur hie und da ein verstärktes Knattern. – Gute Geigerzähler zeigten auch winzige Uranbestandteile in anderen Metallen an.

Urban maß das ganze Erdgeschoss durch.

Es gab einige undefinierbare Geräusche. Einmal schien ihm auch, als sei die schöne KGB-Agentin nicht allein im Haus. Aber das beeindruckte ihn zunächst nicht.

Er suchte weiter in Richtung Keller. Die Bungalows hier standen alle auf felsigem Untergrund. Man machte sich nicht die Mühe, die Keller herauszusprengen. Man ging nur ein bis zwei Meter in die Tiefe, und mit dem Haus ein wenig höher.

Die Bungalows waren meist nur zur Hälfte unterkellert.

Eine reine Kostenfrage.

Er fand die Tür, stieg nach unten und machte das Kellerlicht an.

Der Keller war in der Tat etwa halb so groß wie die Grundfläche des Hauses. Vielleicht hundert Quadratmeter. Die Raumaufteilung war meist genormt wie die Kleiderordnung bei der Marine.

Es gab einen Raum mit Öltanks, den Maschinenraum mit den Geräten für Heizung und Warmwasser, dann einen Raum für Plunder und einen für Vorräte, unterteilt in Trinkbares und Essbares. – Auch hier war es nicht anders.

Und doch war etwas anders.

Der Geigerzähler tat mächtig aufgeregt.

Urban folgte, so gut es ging, dem Signal. Die Spur endete an einer Mauer. Beton, schätzte er, stahlarmiert.

Aber es hätte ihn sehr gewundert, wenn es im Haus dieser KGB-Agentin nicht irgendein Versteck gegeben hätte.

Vor der Wand lehnte ein altes Fahrrad. Er nahm es weg.

Hinter dem Fahrrad stand ein zerfranster Liegestuhl. Auch den schob er beiseite. Dann sah er die Kamintür zum Entfernen von Ruß.

Doch hier fiel kein Ruß an. Es hatte nie einen gegeben. Den Geruch von Ruß kannte er. – Urban entriegelte die kleine Tür, griff hinein und ertastete dahinter eine zweite Tür, die sich öffnen ließ.

Mit dem Aufgehen der kleinen Tür war ein Licht angegangen. Am Ende des kurzen Kriechstollens lag noch ein Raum.

Urban bückte sich und nahm mit dem Kopf mehrere Richtungswinkel ein. Im Raum standen Funkgeräte, das Beste vom Besten, ein Datenblitzübermittler, Tonbandmaschine, Computer und ein Stahlschrank.

Der Geigerzähler tobte, als sei er übergeschnappt.

Urban schob sich his tiefer in den kaum schulterbreiten Gang. Links auf dem Boden sah er fünf Röhren, messingglänzend, etwa 120 mm dick, Länge nicht genau schätzbar. Sie lagen nebeneinander aufgereiht wie Zigarren in einer Schachtel.

Die A-120-Reserve der geldgeilen Madame Belfort.

Das war's dann.

Er hatte es geahnt. Erst hatte er es für unmöglich gehalten, war dem Verdacht dann aber doch nachgegangen.

Die Dame hatte einfach zuviel für Luxus übrig, um sich an den Romanoff-Geschäften nicht irgendwie zu beteiligen. Schön dumm wäre sie auch gewesen.

Aber Geldgier machte blind für Risiken. Und bei Risiken brauchte man immer verdammt viel Glück.

Doch auch Urban verließ jetzt alles Glück.

Als er sich aufrichten wollte, kam er nicht weit. Der kalte Druck einer Kanone verhinderte seine aufrechte Haltung.

Diesen Druck kannte er.

»Keine Bewegung!«, sagte Madame Belfort kühl, »Du darfst die Hände unten lassen. Es geht schnell.«

»Das da drinnen ist deine Bank von England. Stimmt's?«, bemerkte er rotzig.

»Du kennst ja meine Bedürfnisse.«

Der Druck der Waffe wurde schmerzhaft.

»Du warst schneller in Döberitz am Erdbunker als deine KGB-Kollegen. Ist das richtig?«, fragte Urban.

»Stimmt, wie du mit deiner überlegenen Intelligenz soeben feststelltest. Aber so weit ist es mit deinem Scharfsinn auch nicht her, mon ami. Du bist tot, tot, tot, Mister Dynamit.«

Er hatte selten eine Situation mit weniger Hoffnung erlebt. Es gab da eine alte Regel: Wer sein Leben verlängern wollte, musste dafür sorgen, dass es nicht verkürzt wurde. – Das hatte er verdammt vergessen zu beherzigen.

»Tu's!«, sagte er. »Tu es jetzt.«

Sie war erregt. So sehr, dass sie das Geräusch an der Treppe überhörte. Bis ein Mann mit sonorer Stimme rief:

»Tun Sie es lieber nicht, schöne Feindin!«

Sie fuhr herum und schoss sofort.

Urban nutzte die Sekunde und versetzte ihr einen beinharten Schlag, der ein Nashorn betäubt hätte.

Ihr Schuss ging daneben. Taumelnd schon, riss sie erneut durch.

Sie schoss auf den Mann an der Treppe. Und der schoss sofort zurück, so wie er es einst beim besten Geheimdienst der Welt gelernt hatte.

Und er traf sie. Mitten in die Stirn.

Das Loch war wie gestanzt. Langsam rötete es sich von ihrem Blut.

Als sie fiel, fing Urban ihren Körper auf. Ihre Augen blickten ihn an und wurden starr. Von einer Sekunde zur anderen war sie tot.

»General Ammon«, sagte Urban ziemlich erschüttert.

»Pardon, dass ich hinter Ihnen her war, Bob, und sogar vor Ihnen im Haus dieser Frau. Ich habe mit Ihnen zu reden. – Über so manches.«

»Los, reden wir!«

»Aber zunächst einmal sollten Sie mir danken, dass ich Sie rettete«, forderte der Israeli.

»Wir sind nur quitt, General«, erwiderte Urban.

Sie gingen hinaus und fuhren in Urbans Auto weg, um von Nizza aus die Polizei zu rufen.

»Sie hat geschossen und darauf erst schoss ich«, erklärte der Israeli.«

»Mitten in die Stirn«, murmelte Urban nur.

»Es ging um Sekundenbruchteile. Die Frage war: Madame Romaine Belfort, der KGB, oder wir.«

»Mitten in die Stirn«, sagte Urban wieder.

»Sie war eine schöne Frau. Elegant, intelligent, aber auch eiskalt und brutal. Sie wollte sich unermesslich reich machen, für ihr Luxusleben. Die fünf A-Granaten wird wohl die französische Atomenergie-Behörde sicherstellen. Oder die Armee. Was meinen Sie, Oberst Urban?«

Urban schwieg lange.

Dann sagte er noch einmal, als könne er das alles nicht fassen:

»Mitten in die Stirn!«, sagte er.

Der folgende autobiographische Text stammt aus der Hand von C. H. Guenter. Eine Erinnerung an seine Frau, Geburtstage und an ein Auto.

AUS EINEM DICHTERLEBEN
DER GRÜNE HEINRICH, LOTTE UND ICH

Zu meinem 60. Geburtstag sollte es ein Feuerwerk geben oder ein zwanzig Meter langes kaltes Buffet. Heimlich schlich ich aus dem Haus und kaufte mir einen Porsche, Typ 356 1,3.

Lotte, die Schöne, Kluge, sagt nur ein Wort »Grün.«

»Sie hatten nur diesen da.«

»Und die Kinder?«

»Sind doch schon fünfundzwanzig.«

Wir machten viele Fahrten mit dem Grünen Heinrich, vom Eismeer bis Afrika. Denkwürdig war eine Italienreise. Mittags los, abends Lago Maggiore. Lotte musste dringend aufs Klo. Inzwischen bestelle ich mir Hühnerfrikassee mit Pasta. Die Nudeln sind gut, das Huhn mit Knochen und Knorpeln.

»Da musst du Haschee bestellen, Schatzi«, meint Lotte, die Allwissende.

Am Morgen fährt uns ein Fischer über den See und singt:

»Isola Bella im Lago Maggiore, herrliches Kleinod.«

»Das ist aber nicht Italienisch«, meint Lotte.

»Frau von Cheffe, prego, iche bine geborene in Läpzsch.«

Auf der Insel mache ich, des Fotografierens unkundig, die beste Aufnahme von Lotte aller Zeiten. Aber sie war ja immer fotogen. In Mailand will sie unbedingt Spaghetti, weil es hier die besten von Italien gibt. Ein Ristorante zwischen Dom und Galeria. Draußen stehen nur Rolls Royce, Mercedes und Buick. Die Männer drinnen, alles Commendatori, tragen Smoking. Die Frauen große Abendtoilette mit Collier.

»Die kommen aus der Scala«, zischt Lotte. »Aber du gehst ja nie in die Oper mit mir.«

»Frau von Cheffe«, sage ich. »Ische bine geborene in Napoli. Ganze Tag in alle Gasse singe opera. Ische taub.«

»Und blöd«, kommentiert Lotte.

Merkwürdigerweise rollen die Italiener ihre Spaghetti nicht um Gabel oder Löffel und schlürfen sie wie die Deutschen, sondern sie schneiden sie mit Messer und Gabel klein.

»Diese Römer«, sage ich.

»Nur die ganz feinen.«

Auf der Autobahn nach Genua regnet es. Ein VW hat Panne. Ein Pärchen tropfnass unterm Regenschirm. An der Antenne hängt noch der weiße Hochzeitsflor. Die Benzinpumpe ist defekt. Der Bolzen, der die Bewegung von der Nockenwelle zur Membrane umlenkt, ging verloren. Ich opfere mein Heiligtum, meinen französischen Schraubenzieher, der im Griff zehn Zusätze hat. Einen davon stecke ich in das Loch, biege ihn um.

Rate: »Fahren Sie in Genua sofort in die Werkstatt.«

Wir folgen ihnen.

»Der fährt damit bis Rom«, sage ich zu Lotte.

»Bis Sizilien.«

In Pisa steigt sie partout nicht auf den Turm.

»Der stürzt ein.«

»Er steht fünfhundert Jahre und noch tausend, cara mia.«

»Nicht, wenn ich raufgehe«, beharrt sie.

Sie findet auf der Karte ein Stück Autobahn bis Florenz, das einzige und erste in Italien. Achtzig Kilometer. Soll Mussolini gebaut haben. Aber die konnten das damals noch nicht. Die Betonplatten sind abgesackt, Kanten wie Bordsteine, rauf und runter. Der Porsche hält es aus. Lotte, die diese Straße entdeckt hat und nie an etwas Schuld ist, kommentiert:

»O, dieser Mussolini.«

Spät in Florenz sind alle Hotels zu. In einem Palazzo kriegen wir noch ein Zimmer, so groß, dass man ganz hinten das Himmelbett kaum sieht. Und jetzt hat Lotte auch noch Hunger.

Die Straßen sind leer, alle Restaurants dicht. Bis auf eine Bar. Und dort haben wir das Gourmeterlebnis des Jahrhunderts: Der Wirt nimmt eine Scheibe Weißbrot, klatscht Käse drauf, Schinken, nochmal Brot und ab in den Toaster. Die Dinger heißen hier Tosti, völlig neu für uns. Wir essen bis zum Umfallen, bis der Wirt sagt:

»Tosti finiti. Keine prosciutto mehr.«

Damit meint er Schinken.

Am Morgen nehmen wir den Pass nach Modena. Der Lupo ist steil, mit vielen Serpentinen und der Porsche ist ein flottes Auto. Trotzdem überholt uns ein blauer Cinquecento, ein Fiat 500, als Dach eine Markise, grün-weiß. Er macht es lässig, ohne Anstrengung. Oben am Pass steht er, der Fahrer trinkt Espresso. Ich gratuliere ihm. Er zeigt mir den Motor.

Hinten, in den Fiat eingequetscht, ein 6-Zylinder Alfa Romeo, zwei Nockenwellen, Rennmaschine.

»Na ja, mit Gewalt«, meint Lotte.

Auf einer Allee in der Emilia Richtung Verona stoppt uns die Polizia wegen zu schnell. Tausend Lire. Lotte mit ihren Tricks sagt:

»Wir haben nur noch rumänische Rubel. Hundert.«

»Wie viel ist das, Signora?«

»Eine Million Lire.«

»Dann müssen Sie mit ins Gefängnis.«

»Bitte mich zu den Nutten«, sagt Lotte, »ihn zu den Zuhältern. Wir haben Lernbedarf.«

Kopfschüttelnd geht der Polizist um den Porsche.

»Bella macchina.«

Er salutiert und haut ab. War ihm zu kompliziert mit uns.

In Torri del Benaco am Gardasee weckt mich nachts ein Schrei. Im Nebenzimmer hüpft eine Italienerin nackt auf dem Bett herum. Die Wirtin beruhigt uns:

»Die hat Angst, die Russen kommen. Macht das öfter so.«

Heimwärts am Brenner zischt Lotte plötzlich »sch.........«. Das ganze Wort würde sie nie aussprechen. Aber:

»Dein schöner, seidener, original Pariser Luxusschlafanzug in Streifen, den haben wir vergessen.«

»Scheiße«, ergänze ich.

Drei Jahre später, wieder in Torri, empfängt uns die Wirtin mit einem kühlen Glas Bardolino und mit dem frisch gewaschenen, gebügelten, gestreiften Pariser Luxusschlafanzug aus reiner Seide. Mit einem schrägen Blick auf den Grünen Heinrich sagt sie:

»Sie fahren ja immer noch den Frosch.«

Lotte nickt.

»Ja, damit er schnell weg ist, falls die Russen kommen.«

In Jugoslawien vor einer Bar war plötzlich mein Auto verschwunden. Wo es stand, Abdruck von Riesenreifen. Lotte findet es um die Ecke. Männer eines Öltransporters haben den Heinrich einfach weggetragen, um wenden zu können. Man sieht noch ihre Pratzen am Staub im Kotflügel.

Kurz vor Belgrad fahre ich mit voller Pulle in den Autobahnverkehr. Sekunden später Sirene und Blaulicht. Die Polizei stoppt uns. Vier hohe Offiziere, Riesenkrach wegen Verkehrsgefährdung. Ich frage Lotte:

»Was heißt Reißverschlusssystem auf Jugoslawisch?«

Sie blättert und findet das Wort nicht. Ihr Rat:

»Zeig es ihnen doch.«

Ich ratsche mit meinem Hosenreißverschluss rauf und runter, das verstehen sie endlich und machen es mir alle vier nach. Auf der Autobahn.

Dabei lachen sie sich beinahe tot. Es war nicht unkomisch.

Weniger komisch war es auf der Fahrt nach Prag. Der Grenzer warnt uns:

»Vorsicht. Die nehmen Sie wegen jeder kleinen Delle fest«

Prompt rast mir ein paar Kilometer weiter eine Krähe im Tiefflug gegen den Kotflügel. Kratzer, Blut und Federn. Natürlich hält uns vor Prag die Polizei an.

»Vor einer Stunde ist ein Kind überfahren worden.«

Sie entdecken meinen Schaden und halten mich für überführt.

»Seit wann haben tschechische Kinder Federn?«, fragt Lotte.

Beleidigt durchsuchen sie das Auto und finden dummerweise einen Roman von mir. »In Moskau ist es aus mit dir«. Jetzt halten sie uns für Terroristen.

Aber sie haben auch eine Zeitung gefunden. Auf der Filmseite zwei Fotos, das von mir und dem russischen Staatschef und Generalsekretär der KPDSU Josef Stalin (dem Schauspieler Alexander Allerson).

»Sie kennen den?«

»Josi ist ein Freund von uns«, behauptet Lotte.

»Wo fahren Sie hin?«

»Prag.«

»Wo kommen Sie her?«

Lotte verweist auf unser Kennzeichen. Es hat M wie München. Sie verwechseln M mit Moskau und salutieren.

»Angenehme Reise, gnädige Frau.«

»Mit deinem spanischen Trick«, sage ich zu Lotte, »kommst du nicht noch einmal durch. Damals hast du M wie München für Madrid verkauft.«

»Bitte, nur noch einmal.«

»Wo denn?«

»In Mopenhagen.«

»Das in Dänemark?«

»Nein, in Morwegen.«

»Mabelhaft«, sagte ich.

Wir rollen in einer Kolonne schwarzer Funktionärslimousinen, Wolgas und Tatras. Sie fahren zur Feier der Oktoberrevolution. Natürlich behauptet der Empfangschef im Hotel, er habe meine telegrafische Bestellung nicht erhalten. Gnädigerweise hat er für uns ein Ersatzquartier im Altvatergebirge auf Stroh.

Dafür spendiere ich Lotte in Karlsbad ein opulentes Frühstück, kaufe ihr Armband und Collier in Silber mit kleinen Diamantsplittern. Während der Fahrt hängt sie es um ihren Rollkragenpullover und freut sich.

»O, diese Schriftsteller. Übrigens Goethe, du weißt, der Wolfi, war auch mal hier.«

»Mit einer Sechzehnjährigen.«

Sie ist nicht beleidigt.

»Wat für ein Leckermäulschen der war! Zum Glück bist du nicht Joethen.«

Lotte weilt leider nicht mehr unter uns.

Zu meinem achtzigsten das übliche Theater. Feuerwerk oder zwanzig Meter langes kaltes Büffet. Ich schleiche wieder aus dem Haus und kaufe mir meinen sechsten oder siebten, aber bestimmt letzten Porsche. Einen 912 Oldtimer, eine silberne Göttin, schön wie vom Band. Alles edle Linien, keine Kotflügelverbreiterung, wie ein sitzender Frosch von hinten, oder Pissrinne, heute genannt Heckspoiler.

Wenn ich fahre, glaube ich, Lotte sitzt neben mir. Sie spricht sogar mit mir, als würde sie noch leben.

»Deine Tochter hat gefragt, warum keinen Ferrari.«

Mit ihrem trockenen Witz antwortet sie. »Vor dem würdest du dich nicht einmal fotografieren lassen. Aber warum hast du ihn gekauft?«

»Zur Erinnerung an dich«, antworte ich.

»Ach, geh«, antwortet sie, »du willst ja nur rasch weg sein, falls die Russen doch noch kommen.«

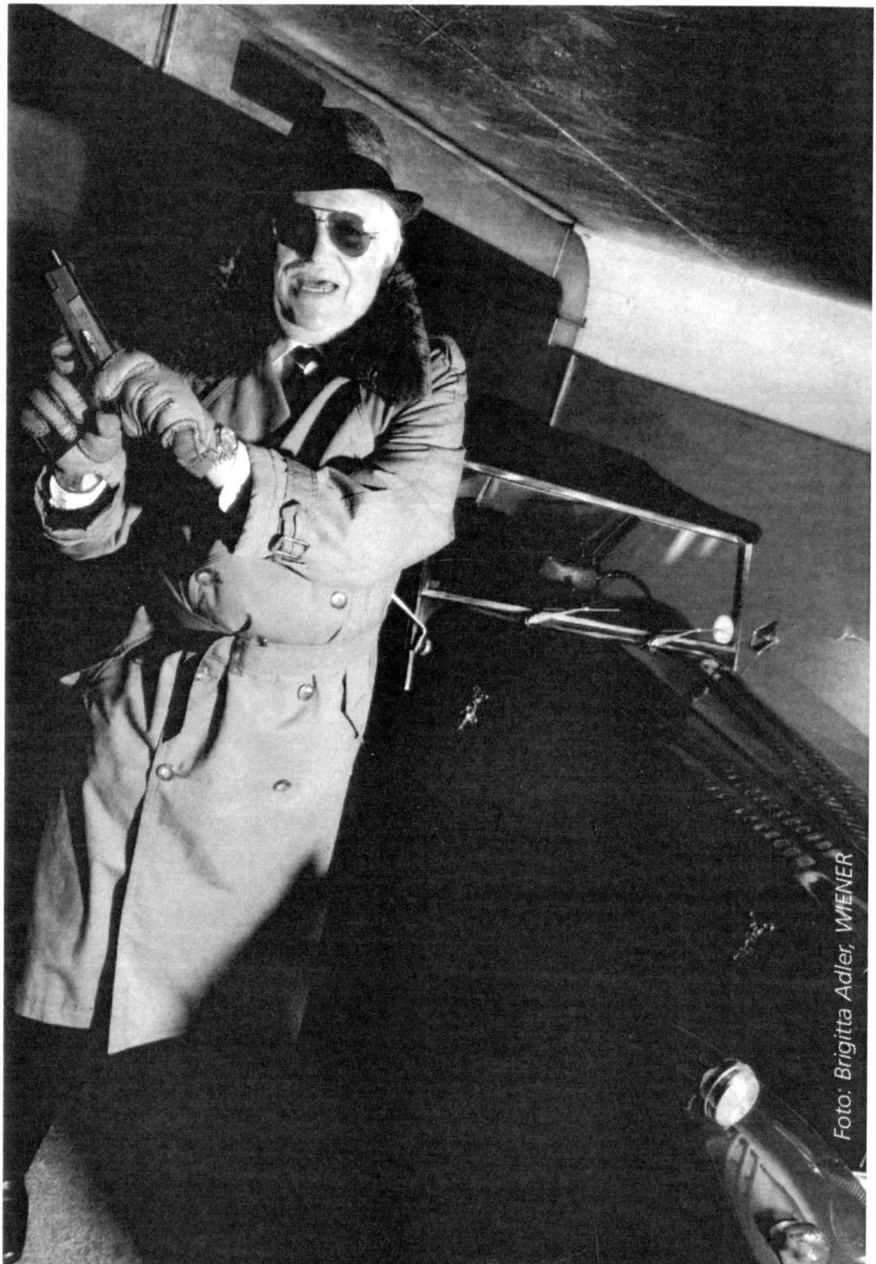
Foto: Brigitta Adler, WIENER

DER BETHLEHEM-CRASH

B. Guenter schrieb für Sie.

In scheinbar keinem Zusammenhang miteinander stehend, verschwinden drei einflussreiche Männer unterschiedlicher Nationalität mit einem Teil der wichtigsten Wirtschaftsgüter ihres Landes. Ein Alarm für die Geheimdienste.

In verschiedenen Teilen der Erde wird ein UFO-ähnlicher Feuerschein von den Radarstationen ausgemacht. Alles deutet darauf hin, dass dieser sich über einer strategisch wichtigen Stadt Israels festsetzen wird.

Für MISTER DYNAMIT, der die Spuren der auf rätselhafte Weise Verschwundenen mit dem mysteriösen Kometen in Zusammenhang bringt, beginnt ein Wettlauf mit der Zeit.

Der BETHLEHEM-CRASH scheint unaufhaltsam und wird für ihn zu einem der überraschendsten Aufträge aller Zeiten.

1.

Was über die drei Vermissten vorlag, war karg:

Paris, 1. Dezember 1988

Caspar Roi, Großindustrieller, seit den frühen Morgenstunden verschwunden. Mit ihm der wertvollste Goldbarren der Nation.

Namibia, 1. Dezember

Melchior Rexabubu, Otjivambahäuptling, blieb einer von ihm selbst einberaumten Sitzung fern. Erst Stunden nach seinem Untertauchen wurde festgestellt, dass auch ein Großteil in staatseigenen Fabrikhallen eingelagerter Myrrhe fehlt. Dieser wertvolle Balsam stellt einen der wichtigsten Exportartikel Südwestafrikas dar.

Nürnberg, 1. Dezember

Der Historiker Balthasar König erscheint nicht zu seinen täglichen Forschungen im Nationalmuseum. Aus einer prähistorischen Sammlung hat er offensichtlich seltene Gummiharze, die Grundsubstanz von Weihrauch, entwendet.

»Irgendeine Meinung zu diesen Vorgängen, Urban?«, fragte der Operationschef seine Nummer achtzehn, die ihm im dezenten Glencheck gegenübersaß. Eine gewisse Boshaftigkeit lag in seinem Tonfall.

Urban machte ihm nicht die Freude, über ihn zu triumphieren. Die Zusammenhänge waren augenfällig.

»Wenn die drei Gentlemen einander tatsächlich nicht kannten, so ist ihnen, außer ihrem Verschwinden am selben Tag mit wertvollen Wirtschaftsgütern, noch die Tatsache gemeinsam, dass ihre Nachnamen gleichbedeutend mit dem Begriff ›König‹ sind.«

»Und«, quetschte der Alte, der lieber selbst mit seiner Kombinationsgabe geglänzt hätte, heraus, »weiter?«

»Weiter ist mir schleierhaft, wieso Geschehnisse dieser Art auf dem Tisch des BND landen. Eigentumsdelikte fallen ins Ressort der Polizei.«

»Irrtum, mein Lieber«, versetzte Oberst Sebastian seinem Lieblingskind bissig. »Der Verantwortliche des Völkerkundemuseums ist ein Spezi vom Kanzler und der hat im Fall König strengste Diskretion zugesichert. Immerhin galt der Historiker bisher als integer. Eine Fehlbesetzung auf so einem wichtigen Posten wäre für die Presse ein gefundenes Fressen. Also ein Fall für Sie, Dynamit. Wenn sich einer mit schmutzigen Frankentricks auskennt, dann Sie. Ihre Wiege stand doch im schönen Frankenlande?«

Der Agent Robert Urban war zu geschafft, um sich vom Alten durch solche Gehässigkeiten provozieren zu lassen. Immerhin hatte er die letzten zwölf Stunden hinter dem Lenkrad seines BMW-633-CSI-Coupés verbracht und nur der stündliche Espresso auf der Autostrada hielt ihn noch am Leben. Er blies seinen Ärger über den miesen Job mit einer MC, Spezialanfertigung mit Goldmundstück, aus sich heraus.

»Schon eine Ahnung, wohin sich die drei Könige verkrümelt haben?«, lautete seine absolut desinteressierte Frage.

»Da haben wir beste Vorarbeit geleistet«, versicherte Oberst a. D. Sebastian gönnerhaft. »Nach letzten Informationen schlugen die Gentlemen Flugrichtung Israel ein.«

»Kontaktaufnahme untereinander?«

»Unseres Wissens nicht.«

»Vielleicht sind Kaffeekränzchen in der Wüste gerade in?«, beliebte Urban zu scherzen.

»Apropos Wüste ...« Der Oberst ließ das Monokel aus dem Auge fallen. »Ein Kamel wartet bereits auf Ihr wertes fränkisches Hinterteil. Und hier ist Ihr Ticket nach Jerusalem. Freuen Sie sich – selbst Niki Lauda soll einen gemütlichen

Ritt zwischen zwei Kamelhöckern jedem heißen Schlitten vorziehen.«

»Wer, bitte, ist Niki Lauda? Ich würde lieber erfahren, seit wann der Schlaf, der dem Wohle der Menschheit dient, abgeschafft ist.«

»Ein Agent Ihrer Klasse tankt selbst unter der Dusche auf«, lautete der tröstliche Ratschlag des Bosses. »Also spielen Sie mir nicht die Zicke vor, Urban. Wie heißt es doch so schön? Gelobt sei, was hart macht.«

»Ja, stahl- wie krupphart.« Urban steckte das Ticket ein. »Kümmern sich die Franzosen und Afrikaner ebenso aufwendig um diesen Fall?« fragte er sauer.

»Das entzieht sich leider unserer Kenntnis. Aber Ihre Freunde, die Russkis, sollen sich nach Israel eingeschmuggelt haben. Allerdings aus anderen Motiven.«

»Welche da wären?«

»Sie jagen einem Phänomen hinterher, das seit Wochen von Aufklärern und Raketenstützpunkten aller Welt gesichtet wird: Mysteriöser, stark strahlender Körper, der sich mit ungeheuerer Geschwindigkeit der Erde nähert«, präzisierte der Oberst.

Urban rief diese in seinem Gehirn gespeicherte Meldung ab. In seine stahlgrauen Augen trat ein Funke Leben.

»Und es nimmt Kurs Naher Osten?«, vergewisserte er sich.

Oberst Sebastian musterte sein bestes Pferd im Stall ungeduldig.

»Lassen Sie bloß die Finger von diesem Ufo«, warnte er. »Das ist nun wirklich nicht unser Bier. Bringen Sie uns den Historiker und den verdammten Weihrauch und basta!«

Jetzt weiß ich, wieso du a. D. bist, dachte Urban im Hinausgehen. Weil du vertrottelt und verkalkt bist und weil du vergessen hast, dass die fliegende Untertasse zum ersten Mal am 1. Dezember gesichtet wurde – zeitgleich mit dem Verschwinden der drei Männer.

Aber so pikante Details behielt er lieber für sich. Schweigen ist Gold, Weihrauch und Myrrhe, dachte er, als er sein verdrecktes BMW-Coupé nach Bogenhausen lenkte, um sich vor dem Abflug wenigstens eine Dusche und einen Bourbon zu genehmigen.

2.

Ohne voneinander auch nur zu ahnen, nahmen sie dieselbe Fluchtroute. Sie tarnten sich auf die gleiche Weise, trugen jetzt die Kaftane der Wüstenkaufleute, ritten auf Kamelen und führten außer ihrem Diebesgut nur Decken bei sich und einen geringen Vorrat an Nahrungsmitteln und Wasser.

So ging das nun schon die dritte Woche, immer dem Feuerball am Horizont nach, nachts. Und als sie schließlich aufeinander aufmerksam wurden, schlossen sie sich ohne große Worte zusammen und lagerten um eine gemeinsame Feuerstelle.

»Morgen«, kündigte der Historiker aus Nürnberg an, »hab ich's geschafft. Da müsst ihr dann allaans weiderreit'n.«

»Moi non«, sagte der Franzose, der sich als Caspar vorgestellt hatte, und rieb die Hände über den knisternden Zweigen. »Eine innere Stimme sagt mir, ehe je suis au fin meiner Reise aussi.«

Der Schwarze sprach am wenigsten. Jetzt aber nickte auch er.

»Ich tu mich euch anschließen«, kam's aus seinem großen Mund.

»Allmächt, gleich zu dritt!« jammerte Balthasar, der Franke. »A bissala viel Besuch auf amal für so a kleines Wurschtle, oder?«

»Aber wir wollen doch nur abliefern un'sre Geschenke«, winkte der Franzose galant ab. »Dann ist fini unser Auftrag und nous retournerons.«

»Komisch«, murmelte Melchior Rexabubu. »Wir tun den gleichen Weg und das gleiche Ziel haben, das uns treiben tut.«

»Offensichtlich«, bestätigte Balthasar.

»Merveilleux, en fait«, gähnte Caspar und rollte sich zum Schlafen zurecht.

Auch der Deutsche war müde. Sein Spezialgebiet, die Geschichtsforschung, bedurfte keiner Nachtarbeit.

Melchior versuchte ebenfalls, Ruhe zu finden, döste aber nur. Seine Wachsamkeit sollte sich als Segen erweisen.

3.

Das dumpfe Aufschlagen von Kamelhufen auf Sand weckte den Schwarzen.

Er regte sich nicht, schlug nur die Lider auf und sah im Mondlicht, nicht weit entfernt von der Palme, unter der sie lagerten, einen Mann auf einem Kamel, das sich langsam näherte.

Ungewöhnlich an dem Mann im Kaftan waren die stahlblauen Augen und das helle Haar, das ihm in die Stirn fiel.

Wie ein Entwicklungshelfer tut der ausschaun, dachte Melchior und er spürte, dass von dem Fremden Gefahr ausging.

Unauffällig stieß der Afrikaner seine Weggefährten an.

»Mir tut der Reiter nicht gefallen«, raunte er. »Der tut uns verfolgen.«

»Merde, dann müssen wir ihn schnappen«, beschloss der Franzose hitzig.

»Abber wie?« sinnierte König. »Habbt ihr vielleicht Waffen dabei?«

»Nur kleines Buschmesser«, bedauerte Melchior.

»... und eine Nagelfeile, allerdings d'or«, kam's bekümmert von dem Franzosen.

»Das hilft uns nix, Leutle«, jammerte der Historiker. »Wenn des a Profi is, hat er tausend Tricks auf Laacher!«

»Nous aussi.« Caspar blickte auf die Decken, in die sie sich gewickelt hatten. »Wer von vous kann klettern?«

»Hab mi doch gern«, brummte Balthasar. »I bin doch kei Eichhörnle.«

»Melchior?«

Dessen Mund zog sich in die Breite.

»Otjivambas tun alle klettern können.«

»Dann allez-hopp!«, trieb der Franzose ihn zur Eile an. »Der feindliche Agent s'arrive!«

Ihr Plan lief an. Er musste gelingen.

4.

Wenn er es bisher nur geahnt hatte – jetzt wusste Urban es sicher: Sein Schmied-von-Kochel-Bett war nicht durch den gepolstertsten Kamelhöcker zu ersetzen. Seit Tagen verfolgte er nun schon die drei Vermissten, die sich praktischerweise zusammengeschlossen hatten. Immer noch nicht war er sich über ihr Ziel im Klaren und das Merkwürdige war: Rexabubu, König und Roi schienen sich absolut sicher zu fühlen. Zwar ritten sie nachts, aber das nur wegen ihres »Wegweisers«, dieses gigantischen Feuerballs, der inzwischen auch Urban die Richtung wies. Aber tagsüber lagen sie faul herum.

Das kann noch monatelang so gehen, Dynamit, sagte er sich jetzt, und dazu hast du keine Lust. Zu wenig Bourbon in der Wüste und an Weiblichem bloß stinkende Löwinnen. Es stellten sich bereits Entzugserscheinungen ein und deshalb beschloss er, sofort zuzuschlagen.

Er brachte das Kamel in Trab, sprang, bei den Herren angekommen, ab, und

Detail aus Mister Dynamit: Blauer Ritter der Wüste, Vicente Segrelles

merkte zu spät, nämlich als er bereits die 0.38 gezogen hatte, dass einer fehlte.

Das passte ihm nicht ins Konzept. Aber für einen Rückzieher war's zu spät.

»Monsieur Roi! Herr König!« Seine Bewegung mit der Waffe bedeutete ihnen, dass sie sich gefälligst erheben sollten. »Hier ist der Ritt ins Unbekannte zu Ende, Königliche Hoheiten!«

»Ha!«, kam's da von der Bergpalme. »Da tust du dich aber irren!« Das fühlte Urban und zwar am eigenen Leib. Decken fielen auf ihn. Sie rissen ihm die Pistole aus der Hand und dann war er am dransten. Seine Majestäten zeigten sich nicht gerade von ihrer angenehmsten Seite. Das war eine Ungenügend mit Stern, wertete Urban seinen Einsatz, während sie ihn mit ihren Gürteln fesselten, und wenn sie dich hinterher sezieren, finden sie nicht mal einen letzten Rauch MC in deiner Lunge.

5.

Sie mochten anscheinend kein Hackfleisch, machten jedenfalls keines aus ihm. Sie genossen es stattdessen, seine Spezialzigaretten zu rauchen und die Proviantflasche mit dem Bourbon kreisen zu lassen. Das ganze sollte demonstrieren, dass er ihnen hoffnungslos ausgeliefert war.

»Keiner tut so gut klettern wie Otjivambas«, lobte sich der Schwarze von Zeit zu Zeit selbst. »Dein Glück, dass wir nicht in meiner Heimat sein tun. Wir tun grausam sein mit Schnüffler.«

»Allmächt, halt bloß dei'n Mund«, Balthasar mochte gar nicht zu dem Gefangenen hinschauen. »Was mach mehr bloß mit dem?«

»Pas de problème – wir nehmen ihn mit«, beschloss der Franzose. »Er soll wie wir folgen dem Licht jusqu'à Bethlehem und dann selbst entscheiden, ob uns une autre Wahl blieb.«

»Herrschaftseit'n, des is a Idee!«, strahlte König. »Caschperla, i mog di!«

»Melchior tut keiner mögen!«, kam's schmollend von dem Afrikaner.

»Nous nous amons tous«, beschloss Caspar Roi. »Sogar den Mister Dynamit lieben wir.«

Ein Trost, dachte Urban, machen wir halt auf Völkerverständigung. Und er ließ sich, als es Abend wurde, widerstandslos auf sein Kamel binden.

»Auf nach Bethlehem«, lautete die Losung. »Zum großen Feuer.«

Zum Crash, fuhr es Urban gallig durch den Kopf, und eines war sicher: Sein Job war das nicht mehr.

6.

Sie ritten die halbe Nacht, immer dem Feuerball nach, der inzwischen sternähnliche Ausmaße annahm und an einem Ende einen Schweif bildete.

»Tust du den sehen?«, stieß Melchior von Zeit zu Zeit begeistert aus. »Da tut's dann sein!«

Wenn Urban nur gewusst hätte, was der Schwarze meinte. Während er, ohne sich aus seinen Fesseln befreien zu können, auf dem Kamelrücken hin- und herschaukelte, versuchte er aus den Fakten, die er gesammelt hatte, einen Sinn zu erkennen.

Drei Männer, unabhängig voneinander auf demselben Weg, immer einem Feuerzeichen am Himmel nach. Sie trugen wertvolle Wirtschaftsgüter ihres Landes bei sich, hießen alle drei König und hielten ihn gefangen, um ihm in einem Kaff namens Bethlehem des Rätsels Lösung aufzutischen – ihm, der bisher stets derjenige gewesen war, der Lösungen lieferte.

Vielleicht mal ganz interessant, die Drecksarbeit anderen zu überlassen, räumte er ein. Ein arroganter Hund wie du verdient längst eine auf die Schnauze.

7.

Die letzte Etappe endete vor einer verfallenen Hütte, über der der Komet, Feuerball oder was immer dieses durchdringende, blendende Licht auch darstellen mochte, schwebte.

»Jetzat hammers«, sagte der fränkische Historiker und sprang von seinem Kamel.

»Angekommen!«, freute sich auch Melchior.

»Immer schön contenance!« Roi peilte Urban an. »Und diesen Monsieur abbinden.«

Sie lösten seine Fesseln. Höchste Zeit. Urban fühlte sich steif wie dreimal gefriergetrocknet.

»Gemma!« König ordnete seinen Umhang. »Momentle, mei' Weihrauch – dösla darf i net vergessen.«

»Myrrhe tut auch kostbar sein«, versicherte Melchior.

»... ganz zu schweigen von or – Gold!«, fügte Caspar Roi hinzu und presste seinen Barren an sich.

Urban wurde von allen dreien gemeinsam geführt. Es ging auf den Stadel zu, dessen Tor weit offen stand. Zwei Menschen, ein grimmiger Bursche mit Bart und eine Frau im raffiniert gerafften Umhang, standen reglos über eine Futterkrippe gebeugt.

Hinter ihnen ein Ochse und ein Esel.

Ochse, ratterte Urbans inneres Lexikon sein Wissen herunter, kastriertes männliches Rind ..., Esel, grau gefärbter Einhufer mit Quastenschwanz und langen Ohren ...

Aber diese Kenntnisse nützten ihm jetzt wenig.

Die drei Männer schubsten ihn vor den Futtertrog. Ein Säugling, keine Stunde alt, lag auf Heu darin.

»Jetzt schau dir des genau an des Waggerla, des süße«, forderte Balthasar König den Agenten Nummer achtzehn auf. »Und sag selber, Dynamit, dass dem sein Anblick allein es wert is, dass wir auf Bethlehem rinter kommen sind. Aaach, stehst da wie a Doldi – geh weg, lass mich hin!«

Plötzlich kümmerten sie sich nicht mehr um ihn. Nach Balthasar trat Melchior vor.

»Myrrhe tu ich dir bringen«, sagte er zärtlich zu dem Baby hinunter.

»... und moi, ich habe Gold!«, säuselte der Franzose. »Damit du in dein' weiteres Leben nicht nicht vergisst Frankreich!«

Spätestens jetzt begriff Urban, dass er den Crash nicht hatte verhindern können und seine Anwesenheit bei dieser seltsamen Zeremonie höchst überflüssig war. Seine stahlgrauen Augen wanderten zu der Lady neben der Krippe, die ihn naturgemäß weit mehr interessierte als das Kind. Aber sie machte nicht den Eindruck, als sei sie zu einer Sünde bereit und das Gehabe ihres bärtigen Mackers in der Ecke bestätigte ihm das allzu deutlich.

»Sorry, Madame«, sagte er zu der Schönen mit den verführerischen Mandelaugen. »Vielleicht begegnen wir uns in einem anderen Leben wieder.«

Dann trat er völlig ungehindert ins nächtliche Dunkel. Die MC schmeckte bitter und die Aussicht, sich jetzt wieder auf die Kamelschaukel schwingen zu müssen, stimmte ihn auch nicht froher.

»Bye, bye, Einauge«, würde er zu dem Alten sagen, »diesmal war's echt ein Reinfall.«

Er war frei, aber das Gefühl, dass er mittelmäßige Arbeit geleistet hatte, blieb. – Es beschäftigte ihn noch lange.

Barbara Günther-Menrad, geb. 1950 in Nürnberg. Aufgewachsen in einem reisefreudigen, liberalen Schriftsteller-Elternhaus mit allen Vor- und Nachteilen eines immer anwesenden, sehr schreibaktiven Vaters. 1969 Abitur. Latein gut, Deutsch mittelmäßig. Trotzdem seit 1971 Verfasserin von Heimat- und Bergromanen, auch als Kurzgeschichten, mit gelegentlichen Ausrutschern in Richtung Reisebericht. Verheiratet, eine Tochter.

DORINTENKNACKER AM WERK

Mal abgesehen von der Tatsache, dass, könnte man einen Mitmenschen so sehen, wie er tatsächlich ist, man würde ein Loch in die Luft starren und ein komisches Bild abgeheben.

Der Agent als solcher tritt immer einzeln auf.
Dieses ist sein Job.
Dähmlich.

Zumindest das hat er mit seinem alleröbersten Vorgesetzten gemein. Auch dieser ist letztlich immer ein einsamer Mann. Auch der aktuelle ist wieder allein. Auch am Montagabend. Er schaut stumm um den Tisch herum. Keine Zeugen, denkt er und zieht die Pfeife aus der rechten Hausjackentasche, aus der linken den Tabak. *Richmond Navy Cut*. Auch militante Nichtraucher haben das Wahlrecht; wir leben schließlich in einer Demokratie. In der man immerhin Kanzler werden kann. Gegen die Opposition. »Sozzen«, denkt der Kanzler. »Typisch.« Seine Frau ist dort, wo sie tatsächlich hingehört, das familiäre Geschirr klappert heimelig in der Küche. Der Bundeskanzler hat derweil ein Plättchen des dänischen Presstabaks zerkrümelt, in die Pfeife gestopft, zur Streichholzschachtel gegriffen. Die liegt im Kanzlerheim offen auf dem Tisch herum; seine Frau liebt *Candlelightdinners*. Der Kanzler setzt die Pfeife in Gang und denkt zurück an die Zeit, als die noch schön war.

»Vögelt Dr. Sorge immer noch die Gattin unseres hochverehrten Botschafters?«

»Ott. Nein. Seit Jahren nicht.«

»Vögelt der Botschafter, Ott, wieder seine Gattin Helma?«

»Nein. Nicht seit Jahren.«

»Vögelt Dr. Sorge statt dessen die schöne blonde Anita?«

»Mohr. Seit Jahren nicht mehr.«

»Vögelt statt dessen unser Botschafter das propre Frl. Mohr?«

»Durchaus denkbar. Tut aber nichts zur Sache, Herr Standartenführer.«

»Ott und Sorge sind aber immer noch dicke?«

»Jawoll. Eine echte Männerfreundschaft macht kein Weib kaputt.« – Auch

deshalb, weiß Schellenberg, weil Sorge der Einzige ist im fernen Japan, mit dem Ott offen sprechen kann, ohne dass seine Worte der Gestapo weitergereicht werden. Männer ohne Loyalität sind kaum überlebensfähig.
Berlin. Giesebrechtstraße elf. *SALON KITTY*. Wir schreiben den September 1941. Standartenführer Dr. Schellenberg hat die aktuellen Mitschnitte abgehört – welche Dummheiten plant der Duce zur Zeit, beispielsweise die Eroberung Grönlands –, nun hockt er im abhörsicheren Hinterzimmer des von ihm eingerichteten und betriebenen staatsmonopolistischen Diplomatenpuffs und berät sich mit dem soeben aus Tokio eingetroffenen Gesandten, seinem Kumpel Kordt. Der hat den weiten Weg in die Reichshauptstadt mit Hilfe der transsibirischen Eisenbahn bewältigt; Schellenberg ahnt, wie sehr sich der Weg nach Japan verlängern wird, sobald sich das Reich mit der Sowjetunion im Krieg befindet.

Schellenberg hat Kordts Clinch mit Fräulein Ingrid gelassen verfolgt. Den in Wachs pressen zu lassen wäre reine Verschwendung. Es ist alles nach Schema F verlaufen. Nun zu ernsten Dingen.

Der Gesandte Kordt wirkt auch als Spießer überzeugend. Es hat Monate gebraucht in der Ordensschule Sonthofen, nun ist er der ideale Ansprechpartner für den ewig saufenden, ewig weiberkillenden Dr. Sorge. Den Meisterspion der Abteilung vier in Moskau.

»Meine Schule«, denkt Schellenberg halblaut.

»Bitte?«, fragt Kordt.

»Ham se mal Feuer?«

»Jawoll, Herr.«

Kordt lässt den Titel seines Gegenüber bewusst weg. Das signalisiert jene Vertraulichkeit, die Grundlage ist dieser fruchtbar zu nennenden, vertrauensvollen, dabei ergebnisorientierten Zusammenarbeit. Wäre die so nicht zustande gekommen, die Weltgeschichte müsste anders verlaufen. Ob zu ihrem Vorteil oder ob zu ihrem Nachteil, das bleibt keine offne Frage. Die Geschichte kennt weder das eine noch das andre.

Was der Agent – auch spät am Abend – gerade denkt, es ist allein instrumentell wichtig. Er wird sich hüten, das Denken nicht seinen Vorgesetzten zu überlassen. Die sehen das GroßeGanze. Der Agent ist der Einzige, der im Nachhinein immer sagen kann, er habe immer Recht gehabt. Und alles im Griff.

Der Tabak in der Pfeife des Kanzlers brennt zügig, der Kanzler pafft und rudert immer noch in die gute alte Zeit zurück. Die ist etwas zu lange her, seine Umfrageergebnisse tendieren auf die dreißig Prozent, er denkt, ich muss das Unmögliche denken, er denkt noch nicht an die Wiedervereinigung, man ist kein Utopist. Der Kanzler gerät ins Sinnieren, er hätte das Tiramisu doch noch verputzen sollen, auch wenn seine Gattin ihm dies freiwillig angeboten hatte. Nun ist, wie überhaupt fast alles, alles zu spät, in der Küche wird das Radio angestellt, *ein bisschen Spaß muss sein*. Also denkt er nun an ein bisschen Todesstrafe.

Der Mann ist kein Analytiker. Das hat er mit dem wichtigsten Geheimagenten der Republik gemeinsam, nur dass dieser Zigaretten raucht, naturgemäß unverheiratet ist, seine Glatze zu Recht als dekorativ empfindet und nie wählen geht. Der Kanzler pafft. Wann war die schöne Zeit wirklich schön. Fragt er sich, schaut dem Rauchring nach, der sich einer mit Raufasertapete versehenen Wand nähert. Den Kanzler erhebt (innerlich) die Gewissheit, dass, wenn er dieses Kunststück beherrschte, nämlich absichtlich und planvoll Rauchringe in die Luft absondern zu können (und nicht, wie jetzt, zufällig), dann käme er automatisch in den Charts wieder an die Spitze. Der Rauchring nähert sich dem Aquarium.

Kein Fisch reagiert.

»Sozzen«, denkt der Bundeskanzler. Er grinst erleichtert.

»Japsen«, schießt es Schellenberg durch den Kopf. »Typisch!« Botschafter Ott ist ein Riesenkamel, Botschafter Ott ist brauchbar. Es gibt keine Information, die er mit Sorge nicht berät. Jedes geheime Papier, das über den Schreibtisch des Generalmajors marschiert, gerät in die verräterischen Hände des Dr. Sorge. Auch die drei Militärattachés (zu Wasser zu Luft zu Lande) in Tokio sind Dr. Sorges Kumpels. Der Mann ist im Weltkrieg verwundet worden, er zieht das rechte Bein nach, das spricht für sich. Sorge weiß alles, kennt jeden, er meldet alles weiter. Fast alles den Deutschen – via Ott – den Russen alles ohne Ausnahme. So dass Genosse Stalin alles wissen kann. Jeden Code, jede geheime Vertragsverhandlung, jeden geplanten Kriegseintritt.

Nur, auch das weiß Schellenberg (und es macht ihn ticken), Stalin ist eine misstrauische Natur. Und auf seine, ihm eigne Weise, dumm. Keiner, der um die Ecke denkt. Kein Billardspieler. Pfeifenraucher. Die denken mit dem Bauch. Einen Stalin kann man nur betrügen, wenn man ihn in großem Stil betrügt; auf den

Nichtangriffspakt mit dem Deutschen Reich ist Kollege Jossip erfolgreich reingefallen. Er glaubt tatsächlich, er sei es, der den Zeitpunkt seines Angriffs aufs Reich selber bestimmen wird.
Der Agent sitzt, kurz nach Mitternacht, in seinem Porsche 356 Coupé. Die Bundesautobahn zieht im Fokus der Scheinwerfer unter ihm weg. Er weiß, seine Informationen, die er aus dem Leben greift, werden auf dem Dienstweg nach oben gereicht, zu Papieren, die mit Papieren anderer Agenten konkurrieren. Das verfälscht jede Nachricht, ob die vom Agenten aufgebauscht wurde oder nicht. Er weiß, warum er Agent wurde. Und nicht Historiker. Zum Beispiel.

Aber selbstredend erhält Sorge über Ott niemals Spielmaterial zugesteckt. Schellenberg ist Profi. Sorge kriegt Fakten, Fakten, Fakten, die zu allem Überfluss auch noch stimmen. Schellenberg weiß, ein Aufmarsch an den Grenzen der Sowjetunion ist nicht wirklich zu verheimlichen. Das ist keine Frage strikter Befehle, ausgetüftelter Pläne, es ist eine Frage der Realität. Realität ist durchlässig. Stete Einzelinformationen werden Stalin löchern. Misstrauisch werden lassen. Gerüchte, Mutmaßungen schlabbert der weg wie seine Generale Krimsekt. Nein. Stalin muss den genauen Termin des Überfalls auf die Sowjetunion von einem Spion gemeldet bekommen, dem bislang keine einzige Missinformation zuzuschreiben ist, also von Dr. Sorge aus Tokio. Stalin wird zu Recht vermuten, diese Nachricht sei ihm vom deutschen Geheimdienst zugespielt worden, um ihn, den Vater der Werktätigen, zu täuschen.

Wirklich schön war die Schöne Zeit, als der Kanzler wirklich klein war. Das Kasperletheater war aufgebaut im Garten, und er war regelrecht engagiert. Nicht für die Deutsche Familie, nicht für die Schicksalsgemeinschaft mit den USA, aber schon für das Gute. Für Kasper mit seinem Knüppel; Kasper und Knüppel, damals schon als Einheit verstanden. Er gehörte nicht zu den Kindsköpfen, die, immer wenn am Bildrand der Teufel erschien, Kasper zuriefen: »Kasper, pass auf, der Teufel!« Natürlich war ihm klar, das da oben waren Puppen. Sofort hatte er seinen Vater ausgemacht, der den Teufel spielte, die Stimme Kaspers, das war die seines Onkels. Der hatte ihnen allen noch am Morgen den Segen der alleinseligmachenden Kirche gespendet, ohne eigens darauf zu verweisen, man möge seine Feinde lieben wie sich selbst. Denn dies stand fest in den letzten Kriegsjahren, man konnte jeden lieben, sich selbst nicht mehr. Nun hatte der Gottesdiener Kaspers Knüppel zwischen Daumen und Zeigefinger.

Der Kanzler pafft, lehnt sich bewusst zurück und fragt sich, ob dieser unvergessliche Knüppel (»aus dem Sack«) auch einen Namen getragen hat, dieses längere, gebogene Aststück, dessen Rinde entfernt worden war, und das in einer – mutmaßlich von einer Astgabel gebildeten – Verdickung endete, die stand im spitzen Winkel ab, und war ein nur unfertig geschnitzter Doppel-Männerkopf. Das mag von Hause aus eine Schnitzübung gewesen sein, nun waltetet Symbolik ihres Amtes.

Der Kanzler weiß immer noch nicht, ob jenes Stück bearbeiteten Holzes einen Namen getragen hat. Er ahnt, es gibt Fragen, die kann kein Geheimdienst dieser Welt rauskriegen, es gibt Probleme, die löst kein Geld dieser Welt.

Dieses ewige Rätsel des Tabaks. Mal brennt er wie gewichst, mal plustert der sich auf, leistet tatsächlich Widerstand, erhebt sich über den Rand der Pfeife, bröselt – noch glühend – auf den Teppich und hinterlässt Spuren, die dann ihre eigne Sprache sprechen, da kann kein Pressesprecher Wahrheiten dagegen setzen. Seine Frau würde ihm schnell draufkommen, unweigerlich. Dies ist das Einzige, was ihn an ihr beunruhigt. Sonst wären sie nicht verheiratet und er Vater von drei Söhnen.

Der Kanzler fragt sich, ob der Mond draußen zu- oder abnimmt. Er wird es nie begreifen, hat aber keine Lust jetzt noch jemanden zu fragen. Seine Frau wüsste es bestimmt.

Der Agent sitzt am nächsten Morgen früh in seinem tiefroten Porsche 356 Coupé und sucht sich in Düsseldorf einen Parkplatz. Der Mann ist wenig motiviert. Man würde ihn nicht ins ferne Düsseldorf geschickt haben, wenn er hier schon fündig werden könnte.

Er kennt sich aus in den Regeln seines Genres, und das seit Jahrzehnten.

Das immer noch namenlose Monstrum schlurft die dritte Straße hinauf in Richtung der sechsten Avenue. Es weiß es nicht. Heute ist *Tuesday*. Es weiß nicht, dass die Straße den Zusatz *West* trägt, es kann nicht ahnen, dass die sechste Avenue offiziell den Namen *Ave of Americas* trägt, es weiß nicht einmal, dass es sich in der Hauptstadt der westlichen Welt befindet, dem *Big Apple,* wie man hier sagt, sobald man Tourist ist. Das Monstrum bewegt sich vorbei an einem indischen Restaurant. Das hat noch geschlossen. Das Monstrum bemerkt dies nicht, kann es nicht bemerken. Es hat keinen Hunger, schon gar nicht Appetit. Zumindest nicht auf Indisches. Eine Currywurst mit Pommes (ohne Majo) wäre ihm, möglicherweise, gerade recht, darin wäre er dann dem Bundekanzler ähnlich. Er hat in dieser Minute mit dem Kanzler der Bundesrepublik Deutschland gemeinsam, dass die beiden in diesem Augenblick definitiv nicht an Currywürste (und ganz sicher nicht an Majo) denken. Der Kanzler hat seine Sekretärin Monika im Sinn (sie hat ein goldnes Händchen für Cappuccino). Das Monstrum denkt überhaupt nichts.

Beneidenswert. Da beherrscht es durchaus ein Kunststück, das man aber nicht lernen kann. Oder lehren. Das Monstrum hat eine Aufgabe. Die ist persönlich tief in ihm angelegt. Das Monstrum hat außerdem eine offizielle Funktion, nämlich die, schließlich zur Strecke gebracht werden zu müssen.

Das Monstrum sucht seinen Zwillingsbruder, den Dr. Schmidt. Dies wiederum hat er mit dem Meisteragenten des Bundesnachrichtendienstes gemeinsam, der gerade dabei ist, Dr. Schmidt in Düsseldorf nicht zu finden.

Der Kanzler fragt sich beim Trockenrasieren, warum er immer dann, wenn er politisch retardiert, warum er ausgerechnet dann immer an diese einschlägigen Sommertage im heimatlichen Garten denken muss. Es ist fast schon als zwangshaft zu bezeichnen. Es sind nicht diese Vettern und auch nicht jene Kusinen, die zuvor mit Ersatzkaffee abgefüllt worden sind, es ist schon gar nicht die klebrige Präsenz dieser Großfamilie, die den Garten vollmüllt; ein vertrautschönes Stück Erde, hier wurden in den letzten Jahren die Blumen vernünftigerweise verdrängt von Bohnen, Erbsen, Karotten, Kartoffeln, Porree und Petersilie. Daneben die – vorerst – unausrottbaren Apfelbäume, Kirschbäume, Birnbäume. Himbeerbüsche, Brombeerbüsche. Nicht zu vergessen der Quittenbaum, die Schlehen. Aber dies alles macht nicht die Botschaft aus, die seine Erinnerungen heute für ihn parat halten. Auch die Bäume sind dann gefällt worden.

Hexen haben gefüttert werden wollen.

Auch das ist, heute, nicht die Botschaft.

Unser Agent erneut im Porsche 356 Coupé. Eine uniformierte Düsseldorfer Tussi hat tatsächlich ihm ein Strafmandat verpasst; in der Zentrale ist man neuerdings dazu übergegangen, Strafmandate als Privatsache der Herrn Agenten

anzusehen. Er wird nun versuchen müssen, dieses von der Steuer abzusetzen. Als Werbekosten. Der allgemeine Verfall der Sitten ist nicht abzusehen.
Der Kanzler prüft sich im Spiegel, sein erinnernder Blick fokussiert Freund Kasper. Und dessen namenlosen Knüppel. Und, jetzt!, hat er's gepackt. Die Botschaft. Natürlich geht es um den Knüppel, war es von Anfang an gegangen.

Der Knüppel löst sich aus Kaspers Händen, also aus der Hand des Pfarrers, wird, von wem auch immer, wird von einer namenlosen Macht gegriffen unterhalb des Bühnenrandes, und schlägt auf das Böse, hier: den Teufel ein wie ungescheit. Und zwar auf Kaspers ausdrücklichen Befehl hin. Kasper kennt das Geheimwort, den Code. Er kann den auch laut aussprechen, ohne dass dies eines seiner Mitgeschöpfe hören könnte (sonst würden die ihm ja den Knüppel klauen wollen). Das Geheimwort lautet *Perlicke*. Mögen andre jahrzehntelang Soziologie studieren oder meinetwegen auch Publizistik, sie werden nie begreifen, was der Kanzler immer schon begriffen hat. Man sagt *Perlicke* und der Gegner kriegt Dresche. Man sagt *Perlacke* und der Gegner kann mit dem Nachdenken anfangen.

Da hat er neulich was gelesen.

Stichwort *Dorint*.

Perlicke: *Dorint*.

Der Kanzler weiß jetzt, woran er politisch ist. Er hat die Definitionsgewalt verloren; nicht mehr er ist es, der in dieser seiner Republik das Perlicke-Perlacke-Sagen hat.

Er ruft seinen Persönlichen Assistenten an, er weist den an, das Gespräch mit dem Geheimdienst zu suchen. »Ich sage nur ein Wort«, sagt er das eine Wort: »Dorint«. Und begibt sich zum gedeckten Frühstückstisch. Aus der Küche dringt ein beängstigendes *Wir wollen niemals auseinander gehn*, der Kanzler klopft seine noch brennende Pfeife aus, die Rauchentwicklung ist spontan, also bedrohlich, sogar die Herrn Fische scheinen sich dafür zu interessieren. Dies aber kann, denkt der Kanzler selbstkritisch, auch Projektion seinerseits sein. Er kennt das Wort genau, er kann es auch vom Wort Protektion unterscheiden. Das kann er tatsächlich. Das muss er aber auch können. Beruflich gesehen. »Schnulli«, ruft er ins Telefon, »du musst jetzt mit den Nachrichtenfuzzis aber Tacheles reden.«

Warum, fragt er sich, nun wieder ruhig geworden, warum hat, bei Kasper angefangen, keine der Kasperlefiguren eine nicht abgeschlagene Nase gehabt, mit Ausnahme des Krokodils. Auch diese Botschaft muss noch warten.

Das auch fürderhin namenlose Monstrum strebt, wir schreiben *mercoledi*, mit einer Zielstrebigkeit, die als typisch bezeichnet werden darf, auf diese eine Rolltreppe zu, die Unter- und Oberstadt miteinander verbindet. Es gibt zu diesem Zwecke auch einen Fahrstuhl, der ist aber weiter weg, die Sonne nähert sich dem ihr vorgeschriebenen Höhepunkt, es ist heiß, zu heiß selbst für diese Jahreszeit, das Monstrum leidet unter der Hitze nicht. Es leidet an nichts, nicht einmal an sich selber. Etwas treibt es, und es weiß nicht was. Zieht es dumpf nach vorn, nach oben, hinauf wohl in die Oberstadt, da kommt eine sich selbst bewegende Treppe gerade recht. Zumal diese überdacht ist, Schatten spendet und MUZAK-Berieselung. Die aber vom Monstrum emotional nicht zur Kenntnis genommen werden kann.

Der Mann bewegt sich nicht allein durch das von Altertum und Mittelalter gestylte Perugia.

Via Garibali.

Zwei Agenten der CIA sind ihm auf den Fersen.

Sie ahnen bestimmt, dieser Mann wird sie zu Dr. Schmidt führen. Müssen. Dasselbe wissen auch die beiden Agenten des sowjetischen Geheimdienstes, KGB. Sie sind den Kollegen vom CIA auf den Hacken. Morgen, Donnerstag, werden die beiden Teams ihre Positionen tauschen. Zur Zeit lautet der dienstliche Auftrag der CIA, das Monstrum zu liquidieren, sobald es sie zu Dr. Schmidt geführt hat. Dann den deutschen Agenten, den man, pfiffig wie er ist, schon bei Dr. Schmidt vorfinden wird. Dann sind die KGB-Typen an der Reihe. Mit ihrer Liquidation.

Die KGB-Typen sollen, lautet ihr Befehl, den deutschen Agenten ausschalten, wo immer sie ihn finden. Das Monstrum erst, nachdem sie die Kollegen von der CIA hingemacht haben.

Das Leben ist hart. Danach Vollzugsmeldung an die Zentrale. Dabei ist die Hinrichtung des Deutschen jeweils derart detailliert beschrieben worden, dass man jetzt schon wissen kann, er ist es, der alle andern überleben wird.

Garantiert.

Die beiden Teams haben sich derweil dahingehend verständigt, den Deutschen (der in diesem Augenblick in seinem Porsche 356 Coupé vor Rosenheim die Biege nach Innsbruck macht und still vor sich hin träumt) (von Lillian) derart zuzurichten, dass seine Leiche als die des irrtümlich ausgelöschten Dr. Schmidt durchgehen können wird auf Polaroidfotos. Und dann wird hurtig ein eigner

Laden aufgemacht. Prognosen aller Art. Nach Art des Hauses Schmidt. Der zur Zeit immer noch in den Fängen seiner Düsseldorfer Firma ist. Wenn auch nicht mehr auf deutschem Boden.

Wie es der Zufall will, auch Dame Lillian weilt zur Zeit in Perugia.

Dabei gibt es Vieles, Zufall nicht. Dies ist nun amtlich.

Lillian hat die Oberstadt Perugias (die sie mit Hilfe des Fahrstuhls erklommen hatte) abgehakt, sie befindet sich auf dem Weg nach unten, vorbei an Domen, die ihr Interesse nicht zu erregen vermögen, Lillian bewegt sich, auf Stilettos, in Richtung Rolltreppe. Schon umschmeicheln MUZAK-Klänge – *O sole mio* – ihre edlen Ohren, die unlängst den Staragenten des Bundesnachrichtendienstes zu Lobeshymnen hingerissen haben, insbesondre das linke. Hier hat ein Ohrring sein Bleiberecht gefunden, den besagter Agent ihr, der schönen Lillian, verehrt hatte; das Juwel ist von Haus aus eine Berlocke, sie war von einem einschlägigen Fachmann zum Ohrengeschmeide umgearbeitet worden. Es sendet, was Dame Lillian nicht ahnt, einen Peilton, den der sie verehrende Agent empfangen würde, wäre er dazu zur Zeit imstande. Das ist er aber nicht. Was sie weder beunruhigen noch beruhigen kann.

Lillian hat ihre eignen, besonderen Gründe, den Agenten, nachdem sie ihn vergeblich nach Düsseldorf geschickt hatte, nun in Italien zu suchen. Nichts wird sie davon abhalten können, ihn dort aufzuspüren und unschädlich zu machen.

Nur allzu berechtigter Alarm im Quirinalspalast. Der italienische Staatspräsident ist ganz Ohr. Würde das, was er hören muss, allgemein bekannt werden, der Tourismus müsste zum Erliegen kommen, auch wenn es sich offensichtlich um nichts anderes handelt als die schiere Wahrheit. Als einzige Hoffnung verbliebe der Papst. Bei der Gelegenheit immerhin könnte sich herausstellen, dass der nie mehr war als nur ein zusätzlicher Anreiz. Würde ihn freuen.

Das heutige Italien sei, so die verbrecherische These, ein einziges Disneyland. Es sei nicht zu bestreiten, dass in der Renaissance Ruinen der Antike vorgefunden worden seien, es sei auch nicht zu leugnen, dass in der Renaissance neue Gebäude auf italienischem Boden errichtet worden seien, allerdings sei das, was heutzutage als antik oder mittelalterlich oder renaissancemäßig den Touristen präsentiert werde – mit wenigen Ausnahmen, über die man jederzeit reden könne – seit Ende des neunzehnten Jahrhunderts gebaut oder zumindest fertiggestellt worden, wenn nicht erst – als Arbeitsbeschaffungsmaßnahme – nach dem Zweiten Weltkrieg.

Der Staatspräsident stöhnt abermals tief auf. So genau hat er das alles nicht wissen wollen. Dem italienischen Geheimdienst ist es nicht nur gelungen, den Verursacher dieser Gemeinheit namhaft zu machen, er hat es zudem fertig gebracht, dessen augenblicklichen Aufenthaltsort festzustellen, und der liegt seit wenigen Minuten auf italienischem Boden. Der Chef des italienischen Geheimdienstes schlägt atemlos die betreffende Akte auf, während draußen am Himmel drei Düsenjäger der italienischen Luftwaffe die Landesfarben – grün, weiß rot – in den blauen Spätnachmittagshimmel sprühen, unter Missachtung der Grenzen des Vatikans.

Der Chef des bundesrepublikanischen Geheimdienstes, General Dr. Mondrian, hat es im selben Augenblick nicht so weit gebracht wie sein italienischer Kollege. Er ist *stante pede* in die Bundeshauptstadt geflogen, er erstattet nun dem Persönlichen Assistenten des Bundeskanzlers Bericht. Jawoll, da sei was im Busche, in der Tat. Ja, das sei zutreffend, raunt er, es ginge im Fall Dorint um die Zukunft. Nein, dies auf Nachfrage, nein, nicht um die Zukunft Bonns, sondern um die der Menschheit. Mondrian verschweigt es, aber in seinem Gewerbe geht es Woche um Woche um die Zukunft der kompletten Menschheit, das muss er aber nicht jedem Politikerschnösel auf die rheinische Nase binden. Aha, verstanden, wirft der Zivilist ein. Es gehe also um das mögliche Ende der Menschheit. Nein, sagt Mondrian, er müsse da präzisieren, das Ende sei nicht die Zukunft. Also, folgert der Persönliche, sei die Zukunft nicht das Ende. Soweit möchte Dr. Mondrian nun nicht gehen, da kann er sich nicht festlegen, zumindest nicht definitiv.

Die beiden Herrn sitzen da und drehen sich im Kreise.

Der Assistent lässt Cognac auffahren; es geht auf zwölf zu, da kann man schon mal eine kleine Stärkung vertragen. Dr. Mondrian schnuppert am Glas, bevor er dessen Inhalt kippen wird. »Ah, ist der gut.« Er hält sich in diesem Augenblick für einen, der sich diplomatisch verhält.

Der gemeine Agent als solcher hat keine kunsthistorisch oder baugeschichtlich ausgerichteten Ansichten; der Topagent des Bundesnachrichtendienstes bildet auch hier eine Ausnahme. Er ist studierter Architekt, Major der Reserve und Doktor der Philosophie. Dies weiß niemand außer seinem Chef Mondrian, der gern mit den frischerworbenen Erkenntnissen seines Lieblingsagenten hausieren geht, insbesondere bei seinem Lieblingsitaliener in Schwabing, im *ROMA*, das ist ein Anagramm für *AMOR*; pfiffig gelle? Die Telefondrähte sind heiß gelaufen vorgestern. Zwischen *Roma* und Rom.

Disneyland!

Das Monstrum betritt die unentwegt vor sich selbst weglaufende Treppe. Vor und dann hinter ihm italienische Männer, die automatisch, sobald sie die Treppe betreten haben, ihre Handys zücken und einer Frau mitteilen, sie hätten soeben die Rolltreppe in die Oberstadt betreten. Nach deren Verlassen werden sie, steht zu erwarten, das nächste Telefonat führen. Und abermals Meldung machen. Das Monster wird heute unmittelbar verfolgt von einem CIA-Mann. Der heißt Joe Locker, stammt aus den Slums von Harlem, er kommt aus noch verslumteren Regionen als seine schwarzen Kollegen, er ist weißer Abschaum gewesen, bis zu dem Tag, da er jene Unterschrift leistete, die ihm den Staatsdienst der größten Demokratie der Welt öffnete, was ihm von da ab das Recht gab, jedes Gesetz zu brechen, das ihm unterkommt. Das tut er immer wieder gern, nicht immer, aber immer öfter.

Joe ist dem Monstrum auch sprachlich auf den Fersen; abgesehen davon, dass wir dieses bisher noch nicht haben sprechen hören. In Kursen des Goetheinstitutes östlich des *Central Park* hat er sich in die Feinheiten der deutschen Sprache einweisen lassen, hat den größten deutschen Dichter, Goethe nämlich, den Gründer des Institutes, lieben gelernt, insbesondere dessen frühe Lyrik. In Verhören inspiriert ihn immer wieder das *Heidenröslein* des Meisters zu der Aufforderung: »Sprich, oder ich breche dich.« Mr. Locker erstarrt, als er bemerken muss, wie das Monster vor sich hin zu stammeln beginnt, glücklicherweise auf Deutsch und nicht in der hiesigen Landessprache. Es sind die ersten und letzten Worte, die man dieses Wesen wird sprechen hören.

Deutsch hin Deutsch her.

Lillian schreitet attraktiv aus. Ihr aus gutem Grund burgundfarbenes Chiffonkleid weht attraktiv im von einer Entlüftungsanlage produzierten mediterranen Hochsommerwinde, sie kann ihre Beine ja sehen lassen. Der weitkrempige Hut schützt ihre aparte Halspartie vor einem Sonnenbrand, der sie, was sie nicht weiß, krebsmäßig erst in vier Jahrzehnten nerven würde, eine Bedrohung, die sie dann nicht wird treffen können, mangels Eigenleben. Man könne, hat ihr die Mutter immer wieder gesagt, nicht alles haben. Das traf ja auch auf ihre Mutter zu. Aber Recht hatte sie schon gehabt, zumindest in diesem einen Falle. Die Treppe nimmt Lillian mit in den Schatten, *O sole mio*, sie hat die Hacken ihrer Stilettos leicht angeliftet. Was immer die Experten versprechen, Lillian ist es nicht, deren Füße den Test machen werden, was dabei rauskommt, wenn am Ende ein Schuh sich nicht von der Treppe gelöst hat und zusammen mit seiner Stufe unter die Erde will.

Da trifft sie mental ein Schlag. Unvermittelt, so wie es zur Stellenbeschreibung mentaler Schläge gehört. Ihr kommt, von unten nach oben, auf der Gegentreppe der Mann ihres Lebens entgegen. Da darf das Herz schon mal mit dem Höherschlagen beginnen. Dr. Schmidt ist's, er schaut aber durch sie hindurch, als sei sie Luft.

Er beginnt sogleich wirre Laute auszustoßen: »Zwei Tage, neun Stunden, fünfzig Minuten, zwölf Sekunden.« Und: »Zwei Tage, neun Stunden, fünfzig Minuten, zwölf Sekunden.« Der Mann hinter ihm, ein regelrechter Mafiatyp, hält ihm sein Handy vor den Mund, das Monstrum wischt es beiseite. Agent Locker, zwei Stufen weiter unten, rechnet nach, im Kopf, es ist auf die Sekunde genau zwölf Uhr. Mittags. Also wird die Welt untergehen übermorgen, am elften August und zwar um neun Uhr fünfzig (p.m.) und 12 Sekunden.

Gut zu wissen.

Lillian ist zunächst zutiefst verwirrt, ratlos. Joe Locker gibt den Termin erst seinem Kumpel vom KGB weiter, dann seiner Zentrale.

»Nun mal raus mit der Sprache, mein Lieber.« Es ist früher Nachmittag geworden, sie sind vor einer halben Stunde vom Cognac zum Grappa übergegangen. Erst das Geständnis, sie fänden Cognac zum Kotzen, den vergorenen Trester der Weintraube (plus Stiel) immerhin akzeptabel, hat erst jene Vertraulichkeit hergestellt, die es dem General Mondrian erlauben wird, dem Persönlichen Assistenten des Kanzlers gegenüber sein Taktieren etwas zu reduzieren, auch wenn unausgesprochen bleibt, dass er auch Grappa zum Würgen findet. Eine Tatsache, die er gemeinsam hat mit seinem Gegenüber. Beide sind das, was sie geworden sind, freiwillig geworden, wenn auch in Folge der Nachhilfe Höhergesteller.

Lillian nimmt ihre Stilettos in die Hand, macht einen gewaltigen Satz, landet auf der Rollbahn gegenüber, sie ist nur wenige Stufen hinter dem Monstrum gelandet, das sie für Dr. Schmidt halten muss. Sie will es nun genau wissen. Sie stürmt am immer noch telefonierenden Agenten Locker vorbei, tritt wie unbeabsichtigt mit beiden Stilettos, die sie sich um Flug wieder angezogen hatte, dem Mafiatypen auf die Füße, sie hängt sich an das Monstrum, das sie nun wieder in das obre Perugia zurückkgebracht hat, ohne dieses je gewollt zu haben.

»Wer bist du.«

Das Monstrum starrt sie an. Ahnungslos. Es befolgt Weisungen, die von ganz woandersher kommen müssen, hoffentlich nicht aus dem All.

Jahrmarkt im heißen Herbst. Lillian beobachtet – von ihm unbemerkt und atemlos – wie Klassenkamerad Udo voller Andacht, mit all der ihm übervoll zur Verfügung stehenden fingerfertigen Sensibilität seine Eistüte – Typ Cornetto – vorsichtig von dem sie umgebenen Papier befreit, ohne das Eis, das Papier oder auch sich zu verletzten. Im Hintergrund singt Ixie *Mach mir keinen Knutschfleck*. Wir schreiben das Jahr 1982 und Lillian hat sich in diesem Augenblick definitiv in den Mann ihres Lebens verknallt, ohne dabei ahnen zu können, wem jene sie erregende, männlich ausstrahlende Souveränität geschuldet ist. Nämlich einer massiv manischen Depression, die Udos Zwillingsbruder Ede nicht sein Eigen nennt.

»Natürlich«, sagt Mondrian betont sachlich, »Dorint. Wir sind der bewussten Angelegenheit seit etwa zwei Wochen auf der Spur. Sie müssen davon ausgehen, jeder vergleichbare Vorgang braucht in meinem Amt etwa drei Wochen, im Durchschnitt gesehen. Das ist ein Erfahrungswert. Wir stehen also am Eingang des Finales. Da folgt alles eignen, im Vorlauf bestimmten Gesetzen. Da kann niemand, auch kein Bundeskanzler, eingreifen. Wir alle, auch der Bundeskanzler, können nur gespannt sein. Aufs erstaunliche Ergebnis, die Lösung dieses Falles. Unser Chefagent«, setzt er routiniert fort, »ist seit vierzehn Tagen auf einer heißen Spur, er ist nah dran, auch wenn die Verbindung zu ihm zur Zeit etwas unterbrochen ist.« Der Persönliche Assistent des Kanzlers stellt erschrocken das Grappaglas auf die gläserne Tischplatte vor ihm. Eine Geste mitleidvollen Erschreckens, unbekannterweise. Sollte der Wunderagent in ernsthafte Gefahr geraten, so ist auch die innere und äußere Sicherheit der Republik in derselben.

Der Agent schaut ahnungslos in den Rückspiegel seines silbergrau getönten Porsche 356 Coupé. Die blonde Studentin, die er hier, an der letzten Tankstelle vor Modena abgesetzt hat, winkt ihm nach. Germanistik/Sozialpädagogik. Dass ich nicht lache, denkt er. Trotzig.

Der General winkt ab. Eine Woche vor Abschluss eines jeden Falls sieht es immer etwas brenzlig aus. Das muss so sein. Das ist so. Am Ende wird der Agent leben, gut da stehen und etwas zynischer geworden sein. Dieser Mann habe einfach noch nicht – »Sie verstehen« – die richtige Frau, die fürs Leben gefunden. Der Kanzlerassistent hat unmittelbar verstanden. Beide wissen, Mondrian müsste jetzt endlich zur Sache kommen, wenn auch nur andeutungsweise.

»Dorint«, sagt der Persönliche. Mondrian lächelt verzeihend. Und schmeckt dem letzten Schluck Grappa nach.

Nun also.

Lillian also hatte ihr Monstrum in den städtischen Fahrstuhl gezerrt, derweil sich Mr. Locker an der in diesem Moment wie von Geisterhand zugewuppten Glastür die schmale Nase platt drückte. Künstlerpech, mein Lieber. Das Monstrum folgt Lillian mit einer Anhänglichkeit, die an tiefste seelischen Schichten rührt, also nie wirklich ergründet werden wird.

»Und überhaupt, Signor *Presidente.*« Es handele sich bei dem Urheber der Gräuelmärchen um einen deutschen Topagenten, der sich zufälligerweise auf italienischem Boden befinde, aber das habe er ja bereits erwähnt. Der Mann könne nun ohne großes Aufheben aus dem Verkehr gezogen werden, bevor er mit seinen Hetzreden ein größeres Publikum kopfscheu gemacht habe. Der Präsident nickt. Der Assistent des italienischen Staatspräsidenten hat, wie immer, einige Papiere vorbereitet. Er, Seine Exzellenz der Herr Staatspräsident, müsse nur – hier – seine Unterschrift hinsetzen und der bewusste Herr sei so gut wie tot.

Der Präsident zögert mit der Unterschrift. Nicht weil er Analphabet wäre oder übertrieben christlich. Er zögert, weil er spürt, da ist noch ein weiteres Argument, das ausgesprochen werden will. Hier ist es. »Der Mann will rausgekriegt haben, der Faschismus sei eine italienische Erfindung.« Und schon ist sein Todesurteil ausgefertigt. Faschistisch war allein die deutsche Besatzung, und die ist vom vereint antifaschistischen italienischen Volk 1945 aus dem Lande vertrieben worden.

Was immerhin zu einem Nationalfeiertag geführt hat.
Da können Sie aber jeden Italiener fragen.

Der Agent hatte die angehende Sozialpädagogin am Brenner aufgegabelt, war mit ihr durch Südtirol gebrettert. Unter Einhaltung der für die Alpen vorgeschriebenen Höchstgeschwindigkeit von km 110. Eine Frau, genau sein Typ. Buchstäblich. Auf den Punkt genau. Lange unbehaarte Beine, hochhackige rote Pumps, Minirock, Klassehintern, Klassebüste. Langer Hals. Haare blond, aber das erwähnte ich bereits. Nur dass der Herr Agent zur Zeit unendlich in die Dame Lillian verliebt ist, deren Peilton er mit Hilfe seines Spezialempfängers nicht einfangen kann, so fern ist sie ihm. Vorstellbar dass er sie heiraten möchte, sie bleibt unerreichbar, derweil die Blonde wie zufällig seinen Oberschenkel berührt. Sie flüstert ihm ins Ohr, egal was, ihr Atem trifft seine Gehörgänge voll, »zurück darf kein Seemann schaun«, zitiert sie seinen Lieblingssong, sie kennt, wie auch er, jede Version dieses Jahrhundertehits. Ausreichend Gesprächsstoff mindestens bis Verona.

»Elvis jedenfalls hätte sich daran nicht vergreifen dürfen.«

»Auch daran nicht.« Wie an Priscilla, denkt der Agent. Aber auch dies steht auf einem andern Blatt.

Er hat ein weiteres Problem. Nicht so wichtig wie Lillian, aber es muss unmittelbar gelöst werden. Je schneller er fährt, desto eher. Er wird sich vor Modena, dann, möglicherweise vor Bologna entscheiden müssen. Ob die Reise in den Osten geht, in den Westen oder, über Florenz, in den Süden. Er muss wissen, in welche Richtung ihn das einzige Indiz, das er hat, führen muss. Sekündlich wartet er auf die Nachricht aus der Zentrale. Während ihr Blondhaar seiner rechten Wange, ihre feingliedrig linke Hand seinem Hosenschlitz immer näher kommt, bei mittlerweile – fast erlaubtem – Tempo von hundertvierzig.

Die Düsseldorfer Adresse, ein Tipp von Dame Lillian, war ja nicht falsch gewesen. Aber überholt. Tatsächlich, da hatte es einen Dr. Schmidt gegeben. Der war über Nacht verschwunden, ohne eine Spur zu hinterlassen. Der Agent hatte den Hausmeister der Firma befragt, die Putzfrau, überhaupt jeden, der etwas hatte wissen können. Der Agent hatte die Laborräume des Dr. Schmidt Quadratzentimeter für Quadratzentimeter abgesucht, was sich insofern als unproblematisch herausgestellt hatte, da diese total ausgeräumt worden waren, sozusagen besenrein gemacht.

Allerdings, dem Agenten war aufgefallen, die Haustürklingel des Dr. Schmidt hatte nicht funktioniert. Da jedermann nichts lieber täte, als seine Klingel außer Betrieb zu setzen, musste das niemandem groß aufgefallen sein. Auch der Agent würde nichts lieber tun, als seine Haustür außer Betrieb zu setzen so wie sein Handy. Also war es ihm hier aufgefallen. Die Klingel war Jahrzehnte alt, zwischen Glocke und Klöppel steckte ein Stück Papier. Darauf das Satzfragment: *küsst sich ein verliebets Paa.* Mehr nicht.

Frage Nummer eins: Ist Dr. Schmidt Legastheniker. Der Agent wartet auf den Rückruf aus der Zentrale. Immer noch.

Zweite Frage: Für wen oder was mag das verliebte Paar stehen. Für Ehe, Unzucht, Nachwuchs, Homosexualität. Und so weiter. Welcher Codeknacker wird hier fündig werden können. Der Agent wartet auf den Rückruf aus der Zentrale. Noch immer.

Das Bordtelefon klingelt. Ja, der Dr. Schmidt ist praktizierender Legastheniker.

Das Bordtelefon klingelt abermals. Totale Fehlanzeige. Der von Amts wegen zuständige Computerfritze hat das verliebte Paar durch sämtliche Festplatten gescheucht. Fehlanzeige, totales Nichts, totale Erschöpfung.

»Und wenn ich dir«, sagt der Agent,« eine Flasche *Chivas* auslobe.«

»Und wenn du mir ein Faß *Chivas* versprichst. Ich dank dir, mein Lieber.«

Zweierlei geschieht. Gleichzeitig. Seine Beifahrerin haucht ihm – unaufgefordert, versteht sich – andeutungsweise einen vielversprechend keusch zu nennenden Kuss auf die rechte Wange, da blendet ihn der Rückspiegel eines weit vor und über ihnen fahrenden LKWs und plötzlich schießen ihm die Zeilen eines uralten Liedes durch den Kopf, an die er sich jetzt genau erinnert, nicht aber an das Mädel, dem sie galten.

Küsst sich ein verliebtes Paar

Unter der Sonne über der Adria.

Der Agent weiß blitzschnell, er ist auf dem Weg zur Adria, er weiß nicht, ob der Song damals noch von Rudi Schuricke oder schon von René Carol gesungen wurde. Das tut jetzt aber nichts mehr zur Sache. Besser also, er schmeißt jetzt die Dame aus dem Wagen, solange sein Reiseweg noch offen und sein Reißverschluss zu ist.

Da steht sie, winkt ihm noch zu, greift, sobald er außer Sichtweite ist, erwartungsgemäß zum Handy und informiert den japanischen Geheimdienst, der seinerseits bekanntlich von der CIA abgehört wird.

Es ist schier unmöglich bei Tempo hundertvierzig zu onanieren, zumal auf einer italienisch dominierten Autobahn, aber niemand wird ernsthaft bestreiten wollen, dass deutsche Spitzenagenten zu allem fähig sind, ohne auch nur die Hand vom Steuer und den Fuß vom Gas zu nehmen.

Schon schrillt Dame Lillians Peilton.

Die neigt im Moment zur Ratlosigkeit. Die steht ihr nicht besonders gut, würde aber, wäre er anwesend, den sie verehrenden Agenten zu einem definitiven Heiratsantrag hinreißen. Sie aber liebt um ihr Leben den Dr. Schmidt. Oder Ede, wie sie ihn nennt. Sie muss zu ihm, bei ihm sein, mit ihm seine Sorgen teilen, sie hat aber seine Spur verloren. Das Monstrum, sprachlos neben ihr im Alfa Romeo, ist ihrem Ede wie aus dem Gesicht geschnitten.

Das Monstrum an ihrer Beifahrerseite stöhnt kurz aber bestimmt auf. Das tut es immer, bevor es mit seiner Rechten ein Zeichen macht. Lillian schaut auf die rechte Hand des Beifahrers, die zeigt in die linke Richtung, also fährt sie nicht weiter in Richtung Urbino, sie biegt ab nach Pergola; der Apennin liegt schon lange hinter ihnen, seine Spitzen sind seit Monaten ohne Schnee.

Lillian geht davon aus, das Monstrum ist ein Zwilling. Der Zwilling des Dr. Schmidt, ihres Ede. Dann gibt es, möglicherweise, eine jener wissenschaftlich noch nicht nachgewiesenen, gleichwohl aber als denkbar denkbaren Beziehungen, die sie beide – nun – zu ihrem Eduard führen werden.

So wie – seit Neuestem – auch zu dem Agenten, auf dessen Spur sich die Elite der Elite des italienischen Geheimdienstes gesetzt hat. Nur zu, meine Herrn, *andiamo*. Dieser professionell unübertreffbaren Elitetruppe folgen dann die Amerikaner, die Russen, mittlerweile auch ein Japaner, sie alle werden mit ihren Kollegen im Gefolge Lillians demnächst zusammen treffen, mit Ausnahme des einen Japaners.

Der wird hinter Aqualagna ausscheren, am Ende des Furlo-Passes im *Giardino* tafeln, Trüffelschweinereien nach Art des Hauses. Um dann hinauf zur Passstraße zu steigen, wo er sich in Mussolinis Lieblingsrestaurant im im Originalzustand belassenen gutbürgerlichen Speisezimmer des Duce – wie immer – von der aus einsehbaren Gründen tiefdekolletierten Kellnerin einen Cappuccino servieren lassen wird.

»Hai.« – »Hai«

Abend für Abend schreibt jeder Agent im Hotel seinen Bericht, während in den Nachbarräumen die Einheimischen ihre Fernsehgeräte voll aufgedreht haben. So soll es aber auch sein.

Nie nicht anders.

Dorint. »Sie wollen meine Beharrlichkeit entschuldigen.« Sagt der Assistent des Kanzlers. Es ist nun später Nachmittag. »Ich fasse zusammen.« Es folgt erwartungsgemäß jene Zusammenfassung dessen, was bisher geschah, die immer zu Beginn der letzten Woche gegeben werden muss; für diejenigen, die nicht alles mitgekriegt haben, nicht aber vergrätzt werden dürfen.

»Was diesen Fall«, hatte General Mondrian abgeschlossen, »von all den vorausgegangenen definitiv unterscheidet, unser Held hat bis dato noch keinen einzigen Beischlaf absolviert.«

Nämlich.

Vor zwei Wochen ist dem Staragenten des deutschen Nachrichtendienstes eine Dame namens Lillian zufällig über den Weg gelaufen. In die habe sich der sofort verliebt. Er, der in seinen dienstlichen Beurteilungen seit Jahrzehnten als patenter Ladykiller bezeichnet werde, habe Lillian nicht in Windeseile vernaschen können oder wollen. Dies sei offen zu lassen. Der Mann sei regelrecht ins Sinnieren geraten. Man habe ihm deshalb sofortige *action* verordnen müssen. Spontan habe er ihn aufgefordert, jener Spur nachzugehen, die von der Dame Lillian gelegt worden sei. Er werde dafür bezahlt, eine Nase zu haben für unwichtig erscheinende Konstellationen, die sich als Bedrohung der ganzen Welt auszuwachsen drohten. Lillian habe Sorge getragen wegen eines guten Freundes, eines gewissen Dr. Schmidt. Der sei als Biochemiker bei einer Lebensversicherung tätig, schon das müsse einen misstrauisch stimmen. Vor vierzehn Tagen habe sich da tatsächlich herausgestellt, besagter Dr. Schmidt habe ein Verfahren entwickelt, das bislang allein in der Literatur vorgekommen sei oder in Filmen. Nämlich eine real funktionierende Zeitmaschine.

Jetzt endlich hatte der Persönliche Assistent des Bundeskanzlers der Bundesrepublik Deutschland aufgehorcht. »Sie meinen, wir müssen uns nicht mehr den Kopf zerbrechen, wer sich in zwei Jahren bei den Sozis als Kanzlergegenkandidat durchsetzen wird, wir könnten das mit Hilfe dieser Maschine heute schon wissen?«

»Ja«, sagt Dr. Mondrian. »Wir können demnächst wissen, was dran ist am Wiedervereinigungsgeschwätz.«

Der Assistent des Kanzlers winkt mit Hilfe der ihm eignen Erregbarkeit ab.

Sozis sind wichtiger. Es sei denn, die entdecken das Thema Wiedervereinigung, das ist aber zur Zeit ziemlich auszuschließen.

Was Lillian nicht ahnt, nicht ahnen kann: In Wirklichkeit liebt sie das Monstrum, nicht den Dr. Schmidt. Dies könnte ihr das sagen, wenn es in der Lage wäre, den Mund aufzumachen. Bruder Schmidt ist erst sehr viel später als das Monstrum in ihr Leben getreten, da war ihr Liebster bereits sprachlos von der Bildfläche verschwunden. Nämlich in einer Geschlossenen Anstalt. Schmidt hatte gegen seine Verwechslung nichts einzuwenden gehabt. Jeder der die mittlerweile verblichne Lillian persönlich gekannt hat, wird ihm das nachsehen wollen.

Mit Ausnahme unseres Agenten. Der Peilton hat ihn, früh am übernächsten Morgen, an einem Donnerstag, an den Fuß eines original mittelalterlichen Kastells in den Marken geführt. Das Auto ist hier zu parken, der Agent parkt seinen Porsche 356 Coupé, steigt aus. Ein Schild teilt ihm mit, das Bauwerk stamme aus dem zwölften nachchristlichen Jahrhundert, es ströme, wird versprochen, Ruhe aus und Frieden. Der Agent steigt die kurze Straße empor, er entdeckt, Tradition allerorten!, oben an der mittelalterlichen Kastellmauer das Datum von deren Fertigstellung, es handelt sich dabei um den achtzehnten Mai des Jahres 1948; nie hat er ja bestritten, dass da, wo authentisches Mittelalter präsentiert wird, in Bella Italia, tatsächlich auch mal Mittelalter drin war.

Lillians Peilton ist mittlerweile unmenschlich laut geworden, keine Diskothek könnte peinigender sein. Eine Stahltür wird von innen geöffnet, eine bleiche Frauenhand winkt ihn hinein, es ist die heißersehnte. Lillian gibt ihm freundlich die Hand, während Dr. Schmidt ihn bösartig anstarrt. Auf dem italienischen Ehebett, dessen Matratze entfernt wurde, liegt auf der nackten Sprungfedermatratze bewusstlos das Monstrum und stöhnt beeindruckend; Lillian hatte ihm eine Beruhigungsspritze in den Hintern rammen müssen. Der Mann würde ansonsten unablässig auf seinen Zwillingsbruder zugehen müssen, um den zu erwürgen, warum auch immer. Möglicherweise liegt ein gesunder Akademikerhass vor.

In der Ecke des feuchten, von einer einzigen Neonfunzel bläulich ausgeleuchteten Felsenkellers erkennt der Agent die mittelalterliche Eiserne Jungfrau von Nürnberg; offiziell verschwunden in den Brandnächten des Jahres 1944. Es gibt kein wahres Mittelalter im falschen. Denkt er. Wie töricht, so etwas ernsthaft behaupten zu wollen.

Signor Capitavolente, Chef der italienischen Geheimpolizei, hat seinen Auftrag verinnerlicht. Jawoll!, er wird diesen Deutschen ausfindig machen lassen, einkreisen lassen, stellen lassen und erschießen lassen, möglichst schon gestern. Signor Capitavolente meldet der Zentrale seiner Zentrale, das fragliche Kastell sei eingeschlossen. Total. Auch wenn es Irritationen gegeben habe. So sehr es ihn erfreut hatte, Dr. Schmidt im Kastell zu wissen, so sehr es ihn gefreut hatte – auch als Mann –, die Deutsche namens Lillian am Fuße des Kastells aus ihrem Alfa Romeo aussteigen zu sehen, so sehr habe es ihn verunsichert, dass zugleich mit ihr Dr. Schmidt, den seine Leute bereits mit Gewissheit im Kastell wussten, ausgestiegen war. Ist, hatte er sich gefragt, auszuschließen, dass beim deutschen Agenten, der nun im Kastell eingeschlossen ist, auch ein Doppelgänger auftaucht, der ihn, von außen kommend, befreit. Zuzutrauen ist diesem Typen alles, so jedenfalls hat man ihn gebrieft.

Aber auch die Zentrale ist ratlos. Parallel ratlos sind auch die Amerikaner, die Russen, schließlich der Papst. Abgesehen vom Lieben Gott. Der lässt sich Siegmund Freud aus der Hölle kommen. Das darf er nur, wenn er für wenige Stunden dem Teufel seinen Dr. Karl Marx ausleiht. Es ist und bleibt ewig undurchschaubar, nach welchem Muster Religionsstifter in die Hölle kommen oder in den Himmel.

Goethe wartet immer noch auf eine definitive Entscheidung.

Signor Capitavolente meldet seiner Zentrale, die nicht reagiert, das Kastell sei tatsächlich total eingeschlossen. Alles im Griff. Da käme keine Maus raus. Der Boss der Amerikaner meldet seinem Boss, das Kastell sei von den Italienern eingeschlossen, so gut Italiener etwas Undurchdringliches hinkriegen könnten; nicht einmal beim Lächeln gelinge es ihnen.

Der Russe meldet seiner Zentrale Entsprechendes, wobei er den italienischen Ring als *nicht penetrierbar* bezeichnet, warum auch immer. Die russische Seele ist bekanntlich tief zu nennen. Anderthalb Jahrzehnte später wird diese Fehlbesetzung unbestrittener Herrscher Russlands sein.

Die Eiserne Jungfrau mit dem ihr eignen dreistnaiven Mädelgesicht starrt unverbindlich am Agenten vorbei. Sie ist – noch – verschlossen. Das menschliche

Monstrum liegt immer noch, stöhnend, auf dem Metallbett. Dr. Schmidt stiert unsäglich vor sich hin, als sei er nicht von dieser Welt, so dass der Agent – mental gesehen – allein ist mit seiner Lillian, und die weiß dies nun offenbar zu schätzen. Er schaut ihr in die blauen Augen, die haben die Bläue griechischer Felsenbuchten, nicht die der algenversifften Adria. Der Agent schaut wieder zu Dr. Schmidt rüber. Dessen Blick ruht, soweit dies in einem in den Felsen gehauenen ehemaligen Weinkeller möglich ist, in der Unendlichkeit. Versonnen liegt seine rechte Hand auf diesem furchterregenden roten Hebel, an den ist ein violetter Draht angeschlossen, der zu einem unweit entfernten Computer führt. Der steht brav in der Ecke und wartet. Darauf, dass Dr. Schmidt seinen rechten Arm senkt um den Hebel in Gang zu setzen. Dazu möchte der immer noch imstande sein, so abwesend er sonst auch wirken mag.

1. Juni 1941. Dr. Sorge ruft seinen Funker Clausen an. Sie treffen sich in einem Lokal in Shimbashi. Er übergibt ihm eine Nachricht, die Clausen verschlüsseln und nach Wiesbaden (sprich Wladiwostok) funken wird.

ERWARTETER BEGINN DEUTSCH-SOWJETISCHEN KRIEGES UM DEN 15. JUNI HERUM.

Der Chef der Vierten, Sorges unmittelbarer Vorgesetzter in Moskau, ist verschreckt. Er halte die Mitteilung Sorges, äußert er Stalin gegenüber, der nichts andres hat hören wollen, für eine gezielte Falschinformation des englischen, wenn nicht sogar des deutschen Nachrichtendienstes. Dies wird sich nicht ändern; Sorges Angaben werden bis zum Überfall immer präziser.

»Selbst«, sagt der Agent am frühen Nachmittag – und zieht seine Summe seines Berufslebens – »wenn es die Wahrheit gäbe. Man müsste sie erfinden.« Mit diesem Statement kommt er bei Frauen, die er für pseudointellektuell hält, immer gut an.

»Erkläret mir«, sagt sie und rückt das gemeinsame Du in vertrauliche Nähe.

»Ich hingegen werde«, unterbricht er sie (er misstraut Frauen, die Klassiker zitieren).

»Es gibt deshalb«, sagt sie bestimmt, »nur einen Beruf, der methodologisch sicher, der Realität zugewandt und deshalb bis oben hin mit Fiktionen abgefüllt ist«

»Welcher Beruf sollte das sein?«

»Na. Wenn Sie sich das nicht vorstellen können, mein Lieber.«

»Woran«, fragt Lillian am frühen Abend, »um an unser letztes Gespräch anzuknüpfen, woran denn sollte Stalin mit Sicherheit haben erkennen können, dass ausgerechnet diese eine Information des Dr. Richard Sorge ...«

»... den Beginn des Überfalls auf die notorisch friedliebende Sowjetunion betreffend«, fügt der Agent soufflierend hinzu, »nämlich am 22. Juni neunzehnhunderteinundvierzig ...«

»... zutreffend war.« Und nicht Dutzende andre, die in ihrer Mehrheit Gegenteiliges, zumindest aber Andersartiges, als sicher verbürgt vermeldeten. Und ebenfalls auf Stalins Arbeitstisch herumlagen.

»Das ist«, spielt sich der Agent nach vorn, »der wirkliche Grund (denn was soll ihm eine Diskussion ausgerechnet über den Genossen Generalsekretär in einem muffig feuchten Keller in Mittelitalien, zudem in Gegenwart von zwei Männern, die sich zu allem Überfluss auch noch ähnlich sehen wie ein Ei dem anderen), weshalb ich nie in eine leitende Position gewollt habe. Häufig genug hat man mich gefragt.«

Lillian verzichtet auf die Möglichkeit der Nachfrage, ob man ihn häufig gefragt, oder, warum er es nie auf eine leitende Position geschafft habe.

»Immer vorausgesetzt«, sagt sie stattdessen, »Stalin hat die Nachricht des Dr. Sorge tatsächlich vorgelegt bekommen.«

»Das ist, nebenbei, der Grund,« sagt er, »warum ich nie habe Stalin werden wollen.«

»Was Ihnen auch nie jemand angeboten hat.«

»Natürlich nicht. » Sagt der Agent. »Sie müssen wissen, mich hat der Angriff immer mehr gereizt als die Analyse.«

»Ich muss«, sagt sie mit einem charmanten Anflug von Schärfe, »gar nichts müssen. Sie sind eben kein Wissenschaftler.«

Unbestreitbare Tatsache. Er ist – in der Tat – durchaus kein Wissenschaftler. Möglicherweise ist sie Wissenschaftlerin. Also ebenfalls kein Wissenschaftler. Dann hätten sie beide endlich etwas gemeinsam. So war das ihrerseits aber nicht gemeint; man muss kein Wissenschaftler sein – wie unser Agent – um dies augenblicklich zu kapieren.

»Ich habe«, setzt er fort, »den Hochmut derer nie begriffen, die auf uns Praktiker herab sehen. Würden wir Leuten wie Ihnen nicht immer die Knochen heranschleppen, sie hätten rein nichts zu nagen.«

»Das ist der wahre Grund, warum ich nicht Geschichtsprofessorin geworden bin.«

»Gefragt hat man Sie aber.«

»Natürlich. Immer öfter. Ein wahrer Geschichtsprofessor muss angeben können, wann genau der Zweite Weltkrieg angefangen hat.«

»Für mich«, weiß der Agent, »hat der tatsächlich erst mit dem Entschluss Roosevelts angefangen, Pearl Harbor zur Bombardierung freizugeben.«

»Sehen Sie«, setzt sie fort, indem sie zum ersten Mal direkt auf das eingeht, was er gesagt hat, »das meinte ich. Hitler hat keinen Weltkrieg begonnen, als er auf Danzig zumarschieren ließ, er hat den Weltkrieg riskiert.«

»Und gekriegt.«

»Er hat sich, möglicherweise, verrechnet. Ein Fehler, den Stalin nicht hat machen wollen. Wir wissen nicht wie viele Informationen Dr. Sorge vorher geschickt hat (die Archive des Ostens sind uns verschlossen auf ewig); wir wissen nicht, wie oft er Unrecht hatte. Was wir genau wissen, ist, im Nachhinein gibt es immer aberhunderte von Leuten, die gewarnt haben und das, wie sich herausgestellt hat, zu Recht. Historiker sind Leute, die nachträglich Recht bekommen, ohne vorher gewarnt zu haben. Auch das unterscheidet sie nicht von Journalisten.

Nur, wer in diesem Fall Recht haben muss, ist Stalin, das Blatt mit der Information des Dr. Sorge in der Hand. Er weiß,« sagt sie mit allem ihr zur Verfügung stehenden Ernst in ihrer bis zur Konzertreife ausgebildeten Altstimme, »erst nachträglich lässt sich feststellen, was Fiktion war, was Wirklichkeit, was Spiel war und was wert war, wirklich zu werden.«

»Wobei«, fügt der Agent in aller ihm zur Verfügung stehenden Bescheidenheit trotzig hinzu, »Praktiker Stalin die Macht hatte, Wirklichkeit zu schaffen.«

»Aber nicht spielerisch.« Weiß Lillian. Auf Lebenszeit verbeamtete Erforscherin narrativer Strickmuster.

Der Agent schaut der Dame Lillian in die Augen. Sie hat Recht und dies geht ihm ans Eingemachte. Auf einmal offenbart sich ihm das grässlichtörichte Dilemma seines Agentenschicksals. Aufrichtiger, denkt er, kann keine Frau dich anschaun. Aufrichtig möchte ich ihr tief in die tiefblauen Augen schauen können. Dann wäre sie aber aus dem Spiel, ich wäre aus dem Spiel; ein Agent, der erfolgreich gegen die

Sowjetunion eingesetzt werden soll, er darf alles sein, nur nicht gläubiger Antikommunist.

Lillian schaut ihn an, und sie will ihn. Sie erhebt sich, verschwindet im Nebenraum. Das Monster ist augenblicklich erwacht, ruckelt mit dem Kopf, will ihr nach. Das Bett knartscht unter ihm, das Monster erhebt sich, macht schwerfällig einen Schritt in Richtung Nebenraum, wankt noch einmal, wendet sich dem Bruder zu, will ihm, dem Dr. Schmidt, an den Schillerkragen.

Wie es der Zufall will, konsultiert der Agent in diesem Augenblick sein Chronometer. Es ist der elfte August, um neun Uhr fünfzig, und fünf Sekunden.

Da ist Dr. Schmidt schon – zu Recht – aufgewacht, reißt den Hebel. Es flackert, riecht elektrisch, es zischt immer lauter, erst Stereo dann im Dolby-Sound. Es gibt einen dumpfen Knall.

Bumsti.

Die drei im Raum verbliebenen Männer sind wie vor den Kopf geschlagen. Und das ist durchaus wörtlich zu verstehen.

Sie haben noch achtunddreißig Seiten.« Der Agent, der nicht mehr weiß, dass er einer war, schaut sich um. Er ist offenbar der Einzige, der diesen Satz gehört hat, diese Botschaft war allein für ihn bestimmt, danach hat er, es sei denn, er hat getäuscht werden sollen, noch achtunddreißig Seiten. Zu leben. Die Lesart *Saiten* will er fürs Erste ausschließen. Was kömmt danach, fragt er sich. Er fragt sich dann, warum er *kömmt* denkt und nicht *kommt*. Er hat also, stellt er fest, persönliche Eigenarten, er ist ein Mann mit Eigenschaften. Er weiß nicht genau, warum ihn diese Einsicht fröhlicher stimmt.

Fröhlicher als wer?

Wir zählen das Jahr 1988. Da lässt sich der Umfang einer Seite schlicht berechnen. Es gelten die offiziellen Manuskriptseiten der Schreibmaschine; ich muss das erwähnen, da heutzutage wache Kinder, wenn sie das Wort Schreibmaschine hören, spontan in die mit leichtem Ekelgefühl unterfütterte Frage ausbrechen: »Du, Pappi, was ist das, eine Schreibmaschine?«

Das erkläre ich dir, wenn du groß bist.

30 Zeilen mit je sechzig Anschlägen. Aber was kommt nach – in Worten – 900 Zeilen (mit je sechzig Anschlägen). Da ist er überfragt. Er kennt auch nieman-

den, den er fragen könnte. In seinem Ohr macht sich ein Zirpen bemerkbar. Dieses Geräusch wird lauter, es wird auch von dem ihm gegenüber am Tisch sitzenden Mann bemerkt. Das erkennt man an der Bewegung seiner Augen. Die öffnen sich träge in der feuchten Schwüle dieses Felsenkellers. Die Pupillen des Mannes sind braun. Warum immer ihm das auffällt. Er muss an sich bemerken, dass er einer ist, dem alles auffällt. Er muss von dem, was ihm sein Leben lang aufgefallen ist, viel gespeichert haben; soeben fällt ihm ein, ein Mann mit Eigenschaften zu sein ist deshalb erfreulich, weil es ein Buch gibt über einen Mann ohne Eigenschaften. Dieses Buch hat er aber persönlich nie gelesen. Oder er erinnert sich nicht daran; dann hätte dieser Roman etwas mit ihm zu schaffen. Persönlich. Er erinnert sich an nichts, fällt ihm nun auf, an nichts, was ihn an sich selbst erinnert, bis zu dem Zeitpunkt, da er hier in diesem italienischen Felsenkeller zu sich gekommen ist. Woher weiß er, dass er sich in Italien befindet.

Gute Frage.

Sein Blick fällt auf einen zweiten Mann. Dieser ist dem Ersten wie aus dem Gesicht geschnitten. Er gleicht ihm wie ein Ei dem anderen. Hinter ihm, im Halbdunkel der Ecke, steht ein mannshoher Apparat, den er automatisch als die Eiserne Jungfrau von Nürnberg identifiziert; die ist, weiß er automatisch, eine 1828 angefertigte Kopie der mittelalterlichen Ausfertigung, sie ist in Nürnberg 1944 in den von alliierten Bombern verursachten Feuernächten zerstört worden. Das heißt, korrigiert er sich, die Jungfrau ist seit jenen Tagen nie wieder gesehen worden; sie galt, wie alles, was niemand sieht, als nichtexistent. Was wird man von mir, denkt der Agent, ohne wissen zu können, dass er ein Agent ist, denken, wenn ich hier nie wieder rauskomme.

Die echt blöd dreinblickende Jungfrau ist geschlossen. Es steht zu vermuten, die Dame lässt sich öffnen. Wenn man an den auf ihrem Bauch links und rechts angebrachten schmiedeeisernen Griffen ruckartig zieht. Es steht weiterhin zu vermuten, auf der Innenseite dieser Türen sind geschmiedete Eisenzacken eingelassen, so wie auf der gegenüberliegenden Innenseite der Jungfrau, sozusagen hinter deren Rücken. Der Mechanismus ist als sinnvoll einzuschätzen. Man nehme einen Menschen, stelle den da rein und verschließe das Mädel. Vorher wird der Typ sich noch haben aussprechen wollen.

Eine einzige, bläulich flackernde Neonfunzel dient als Beleuchtung. Der Boden ist nicht gemauert, er ist gestampft. An den Wänden Bilder. Originalölbilder, ohne Ausnahme. Eine impressionistische Sicht der Seine, im Hintergrund mächtig Sacre Coeur. Ein frühkubistisches Stilleben (mit Ananassen), der lachende Clown in Komplementärfarben, die Träne quillt in diesem Fall aus dem linken Auge (vom Weinenden aus gesehen). Deshalb also hatte er intuitiv auf Italien getippt, die Auswahl dieser Kunstwerke ist ohne Frage dem Geschmack eines durchschnittlich italienischen Gastwirtes geschuldet.

Er weiß deshalb aber immer noch nicht, was ihn hierher, in diesen stupid italienischen Felsenkeller geführt hat. Warum er einem Mann gegenüber sitzt, dem er im Speisewagen ungern Feuer geben würde, der, auch wenn er seine Augen geöffnet hat und so seine braunen Pupillen freisetzt, sprachlos wirkt und ist. Der Agent steht, ohne zu planen, was er tut, auf und prüft den Zustand des Fensters, der Tür. Sie sind verschlossen. Er hat die Fähigkeit, auch verschlossne Fenster und Türen zu öffnen, jetzt fehlt ihm aber sein Werkzeug so wie die Motivation. Kein Kamin, den er hinaufsteigen könnte. Oder müsste es *müsste* heißen, fragt er sich still.

Plopp. Ein Tropfen ist auf seinem Schädel aufgeprallt. Er streicht sich mit der Hand über die Schädeldecke. Aha. Endlich weiß er was Unbezweifelbares über sich. Er ist Glatzenträger.

Die Eiserne Jungfrau hat ihr mittelalterlich törichtes Gesicht, es erinnert an Masken der minoischen Kultur. Wahrscheinlich lächelt jedes Mittelalter – auch das der Azteken – ihn gleich stupide an. Oder es ist an der Zeit, dass er sein Frauenbild überprüft.

»Erkläretse mir«, labert Dr. Schmidt den Agenten von links in Mundart an, »wer ich bin, was ich hier tue. Mich wundert, dass ich so fröhlich bin.« Und, kurze Pause: »Haste mal ne Lulle.«

Hat er. Aber ja doch. Und Feuer.

Ein bezauberndes Wesen betritt den Raum; so muss Tamara De Lempicka in ihren besten malerischen Momenten sich selbst als Ideal gesehen haben. Der Agent erschrickt. Soeben haben altmodische, chevalereske Redewendungen sein Gehirn erobert, zumindest dessen Sprachabteilung; schon das Wort *vögeln*, in seiner Gegenwart ausgesprochen, würde ihn bedrohen. Möglicherweise ist er ein Konservativer, zumindest was die Damenwelt betrifft. Oder diese Dame.

Die Augen des Agenten ruhen auf der mit interesselosem Wohlgefallen. Sie setzt sich in einen mit arg verschlissenem Brokat bezogenen Spätempiresessel ihm gegenüber, der Sessel ist eine maschinell angefertigte Kopie. Sie gibt den Blick auf ihre entzückenden Fesseln frei. Ihr Blick ist offen, ihr Tonfall ist von keinerlei Verletzungsangst oder Aggression gekennzeichnet. Sie setzt offenbar ein sehr persönlich gestaltetes Zwiegespräch fort, sie ist also von der obwaltenden Amnesie nicht betroffen. Oder sie verstellt sich.

»Sie haben ja so Recht.« Sagt sie mit heitrem Augenaufschlag. »Stalin hatte es in der Tat leichter. Erkenntnistheoretisch betrachtet. Er hat umbringen lassen können, wen er wollte.« Hinter diesem Satz, dessen Wahrheitsgehalt vorerst nicht bestritten werden kann, ist, möglicherweise eine Botschaft versteckt, die nur einer dekodieren kann, der nicht vom partiellen Erinnerungsverlust befallen wurde. Und selbst dann nur, wenn Kommunikator und Adressat sich verstehen.

»Generalsekretär Stalin«, sagt der ehemalige Staragent, »dürfte jemand gewesen sein, der es sich hat leisten können, ohne Ironie auskommen zu können. Jeden Inhaber einer Ironie hat der sofort einsperren lassen.« Wie aber kann er das Gespräch fortsetzen, ohne zu verraten, dass er von einer Amnesie befallen wurde. Duzt er sie, siezten sie sich?

Sowas kann er. Offensichtlich. Einfache Aussagesätze helfen auch hier. »Wir sind eingesperrt«, sagt er und weiß augenblicklich, er hat sich als unintelligent geoutet. Sie sind eingesperrt. Was sonst.

»Stimmt«, sagt sie. Warum benutzt auch sie einfache Aussagesätze.

»Was machen wir.« Fragt er. Auf der Suche nach sich selbst?

»Tun wir, was getan werden muss.« Sagt sie. Wahrscheinlich hat auch sie die Amnesie gepackt. Wahrscheinlich kennt sie nur ein Gesprächsthema: Stalin; möglicherweise hat sie über den promoviert; anzusehen wäre ihr dies nicht. Dann hätten die beiden sich zuvor nie über die Fortsetzung von Marx/Engels/Lenin unterhalten und der Vorrat ihrer Gemeinsamkeit wäre zusammengeschrumpft auf die einfache Tatsache, dass sie beide eingesperrt sind, worüber sie ihre Ansichten bereits ausgetauscht haben.

Schweigen, das dumpf von den feuchten Kellerwänden widerhallt.

Schmidt fragt den Agenten wieder, ob der eine Lulle habe. Hat der. Und Feuer. Feuer frei. Denkt der Agent.

Draußen nähert sich, hört man, ein Traktor; draußen entfernt sich, hört man, ein Traktor, nicht auszuschließen, dass es sich dabei um einunddasselbe Gerät handelt, es wurde zweifelsfrei von der Firma FIAT produziert. Die genaue Typenbezeichnung fällt ihm momentan nicht ein. Der Agent kommt, ohne dass er davon wüsste, nämlich dass er ein Agent ist (oder war), gleichwohl ins Sinnieren. Er ist ein Gefangener. Möglicherweise ist er nur Zugabe, der wirklich wichtige Gefangene ist eine der anderen drei Figuren, aber mitgefangen ist mitgehangen. Da scheint er sich auszukennen. Es ist ja nicht so, dass der Volksmund immer im Unrecht ist. Er kann, nicht muss, gefährlich sein. Ist er gefangen, weil er anderen Leuten auf der Spur war.

Wem war/ist er auf der Spur. Vermutlich, wie jeder andre Mann auch, sich selber. Auf der Spur.

Wer aber ist dann die Frau gegenüber. Ist auch sie sich auf den Fersen, ist sie ihm auf den Fersen. Weiß sie überhaupt, wem sie auf der Spur ist, beziehungsweise: Hat sie dies je gewusst, wenn sie je überhaupt jemandem auf den Fersen war. (Nicht auf den *Versen*, denkt er, das wäre ein andres Genre.)

Die Stimme, die zu ihm – allein zu ihm – gesprochen hat, hat ihm vierzig Seiten zugebilligt, jetzt dürften noch vierunddreißig oder – schätzungsweise – fünfunddreißig Seiten übrig sein.

Es sei denn, er hat sich diese Stimme nur eingebildet.

»Sie haben noch vierunddreißig Seiten«, tönt die Automatenstimme. Besserwisserisch.

Wer sagt ihm, dass sein Leben in Buchseiten gerechnet wird und nicht in Illustriertenseiten. Warum ist er sicher, er sei nicht mit einem Musikinstrument kompatibel.

Offne Fragen.

Offne Fragen.

Buch bleibt die sinnstiftendste Arbeitshypothese.

Ist er gefährlich, dann kann er sich als Agent vorstellen, der kurz davor stand, das Böse endgültig zu besiegen (nämlich für alle Zeiten). Grund ihn einzusperren hätten dann alle Romanautoren dieser vom Bösen bedrohten Welt, die aber sind bekanntlich nicht in der Lage, kriminelle Energien in Taten umzusetzen, sonst würden sie nicht schreiben.

Das klingt plausibel. Und gebildet.

Oder er musste isoliert werden, weil er aufgegeben hat, das Böse dieser Welt zu bekämpfen, um endlich sich selbst zu finden. Was beides, vermag er nicht zu ahnen, aufs Selbe hinaus liefe. Möglicherweise.

Möglich, er stammt aus dem Bildungsbürgertum, ist (wofür tatsächlich einiges spricht) akademisch gebildet. Das spräche wieder dafür, dass er kein Täter ist. Also ist er nicht der Gesuchte.

Sondern ein Suchender.

In einem heißen, feuchten Keller inmitten Italiens. Wenn er denn Recht hätte mit der Feststellung, ausgerechnet in der Mitte des Stiefels gefangen gehalten zu werden. Nur, fragt er sich zu Recht, wie kann ich mich finden, wenn mir meine Geschichte flöten gegangen ist. Ich bin, was mich betrifft, wie ein neugeborenes Kind, eine frischgewischte Schiefertafel, jungfräulichen Bewusstseins, an ein weißes, noch unbeschriebenes Stück Papier gemahnend, also weiß er jetzt, was er vor seiner Amnesie nicht hatte ahnen können, nämlich als er seine Mitbewohner mit Eiern verglich, er weiß jetzt, Vergleiche machen ihm keine Schwierigkeiten, insbesondre schlechte nicht. Eine Erkenntnis, die ihn fast eine Seite gekostet haben dürfte.

Keine metaphorische.

»Was mache ich hier.« Fragt Dr. Schmidt und wirft die Kippe auf den Boden.

»Wer sind Sie.«

Gute Frage.

Er ist einer, der sich alles merkt. Muss man dies als krankhaft bezeichnen. Muss man es missbilligen oder loben. Keine Ahnung. Keine Vorstellung, und sei es die Letzte.

Wer auf der Suche nach sich selbst ist, der muss sich ändern können. Kann er sich ändern, wenn er nicht weiß, wer er ist oder was. Nein kann er nicht. Das ist logisch. Kann er sich unlogisch ändern. Nicht, wenn er nicht weiß, was er – logisch oder unlogisch – abändern könnte, also müsste.

Es fängt ja schon alles damit an, er ist eine literarische Figur, keine reale. Wer schlägt die Seiten, die er lebt, die ihn leben, um. Wer hat sie beschrieben. Wer hat ihn erfunden. Was wäre, er veränderte sich und sein Urheber wäre ein Stümper. Was wäre, er veränderte sich nicht und sein Urheber wäre ein Stümper.

Oder ist er sein eigner Urheber. Regt ihn das alles auf?, nein. Definitiv nein. Sein Atem hat sich nicht verschnellert, sein Herz schlägt fast unspürbar. Allein deshalb, weil er nicht wirklich real ist.

Er ist aber auch nicht irreal. Möglicherweise ist er als einer angelegt, den nie wirklich etwas aufregt.

Ist er aber nicht. Die Frau, gegenüber, regt ihn an, irgendwie. Möglicherweise ist auch sie ein Papiergeschöpf, möglicherweise hat ihm sein Urheber diese Erre gung erfunden, nur um ihn zu täuschen. Oder er ist Inhaber dessen, was Phantomschmerz genannt wird, das hieße, jenseits seiner Erinnerungsgrenze lauern emotionale Szenarien, die ihn zerreißen müssen.

Wer ist sein Urheber und warum interessiert ihn dies nicht. Wirklich.

Weil er seine Grenzen nicht wirklich kennt?

Was bedeuten, unter uns gefragt, dreißig Seiten tatsächlich.

Capo Capitavolente flöht zum wiederholten Male die Personalakten seiner Topleute.

Nervös trommeln seine manikürten Finger auf der Plastiktischdecke aus Plastik.

Er hat sich im einzigen Hotel des Fleckens, einem *Agriturismo*, eingemietet, das Haus liegt am Fuße des Kastells. Es handelt sich um einen ordentlichen Neubau, nur Ausländer wohnen hoch über ihm, freiwillig in den alten Mauern.

Er hat sich einen Kaffe kommen lassen so wie die Speisekarte. Gourmant Capitavolente hält sich für einen Gourmet. Das ist ihm, als geborenem Italiener, angeboren. Die Spezialität des Hauses ist Wildschwein, sind Trüffel. Verstehe. Automatisch votiert Capitavolente für eine Kombination beider Hausspezialitäten. Nie wird er erfahren, aus welchem Glas die Trüffeln, aus welcher Zucht die (tiefgekühlt angelieferten) Wildschweinfilets stammen.

Das ist nicht weiter schlimm zu nennen. Er ist auch darin Italiener, dass es ihm gleichgültig ist, ob ihm was schmeckt. Das einzige Kriterium, das er hat, ist die Kochkunst seiner Mamma; seine Frau kocht aber anders. Nämlich wie ihre Mamma. Er genießt nach Hörensagen, auf Empfehlung. Sobald eine Autorität sagt, dass es ihr schmeckt, schmeckt es ihm auch. Man sieht das doch auf den ersten Blick. Wenn der Parkplatz des *Agriturismo* schon um sieben so voll ist wie dieser. Zum Nachtisch *Zuppa inglese*. Hier wird ihm niemand Fremdenfeindlichkeit nachsagen dürfen.

Heute noch will das Kastell gestürmt sein; morgen ist Vollmond.

Schmidt fragt: »Haste mal 'ne Zigarette.« Warum sagt er nicht, wie bisher *Lulle*. Kommt da wieder, fragt sich der Agent hoffnungsvoll, sein altes Ego durch eine mentale Hintertür reingeschlichen, ohne dass er wüsste, was er mit dem anfangen sollte. Er gibt Feuer und bemerkt bei der Gelegenheit nicht nur, dass er Nichtraucher (geworden?) ist. Sondern auch, dass sich der Streichholzvorrat seinem vorbestimmten Ende nähert – wie auch er? –, die Schachtel ist ein Produkt des *VEB Zündwaren Riesa*. Auf dem nun sichtbaren Boden der Schachtel eine handschriftliche Notiz, geschrieben von einer Hand, die er nicht kennt, nicht auszuschließen, es handele sich um die eigne.

Roberto

»Halloh, wie geht es Robert«, hört er – innerlich Gitte singen.

Wer dämlich mit h schreibt ist nämlich.

Denkt er; der Bildungsschrott strömt aus allen Richtungen auf ihn ein.

Man kann auch richtig das Falsche vergessen.

Signor Capitavolente hat seine beiden Topleute nun gefunden. Allein die Elite der Elite ist diesem Deutschen gewachsen. Beide sind als Kinder von Gastarbeitern in Deutschland aufgewachsen, sind also motiviert, beiden quellen die Karategürtel aus den Ohren. Um die beiden vollends zu motivieren, weiht Capitavolente sie in ein weiteres Geheimnis ein. Dieser Mann, der in Folge unseres Einsatzes nicht unbedingt am Leben bleiben muss, »wir verstehen uns, meine Herren«, hat tatsächlich behauptet, Benito Mussolini sei Faschist gewesen. Den kleineren der beiden Topleute – er ist in Nürtingen groß geworden – reißt es vor gerechter Empörung vom Klappstuhl, mit einem einzigen Karateschlag zerteilt er die vor im schwebende Tischplatte, die kippt zur Mitte hin nach unten, mit ihr sausen drei spärlich getrüffelte Wildschweinschnitzel in die Tiefe, sie reißen drei Karaffen des Hausrotweins mit sich, der die Grenze zur Genießbarkeit erkennbar überschritten hatte. Das war nicht ihnen aufgefallen, und auch keinem der dreihundert übrigen Gäste.

Ob nun noch dreißig oder einunddreißig Seiten, der Agent, der keiner ist zur Zeit, fragt sich, warum er nicht still auf seiner Holzbank sitzen bleibt, zuwartet, langsam erstarrt und dann das Zeitliche segnet. Vielleicht gibt es tatsächlich ein andres Leben nach diesem, ein Tod, der möglicherweise nur literarisch wäre. Wer sagt ihm, es sei erstrebenswert, nach dem literarischen Leben ein andres zu leben, in der Regel kann man sich immer nur verschlechtern. Wer garantiert ihm, das Zucken in seiner Hose, angesichts der immer noch dekorativ vor ihm hinschweigenden Dame, wachse sich tatsächlich noch zu einer regelrechten Erektion aus, in diesem Leben oder jenem.

Kanzlerbungalow Bonn. Der Chef des Bundesnachrichtendienstes beantwortet brav, wie es seines Bundesamtes ist, die Fragen seines Kanzlers. Der hat diesen Job nicht zufällig, der kann was. Nämlich direkte Fragen stellen. »Ja«, antwortet Dr. Mondrian, ja, der Topagent sei sein leiblicher Sohn.

»Das weiß außer uns beiden, Herr Bundeskanzler, niemand.«

»Und die Mutter?« Setzt der Kanzler nach.

»General Gehlen ist tot«, sagt lakonisch der Topagentenvater.

»Gehlen. Ah.« Fremde Heere Ost. Denkt der Kanzler. In seiner Eigenschaft als promovierter Historiker.

»Unverheiratet?«

»Jawoll!«

»Als gestandener Mittvierziger.«

»Jawoll!«

»Wenn der jetzt heiratet«, denkt der Kanzler, »weiß der wirklich, was er tut.« »Auf welcher Spur genau ist Ihr Sohn zur Zeit?«

»Er wird«, sagt dessen Vater, »das Dorinten-Rätsel lösen. Noch ohne zu wissen, worum es sich dabei in Wahrheit handelt.«

»Aha. – Verstehe.«

»Wer das gelöst hat, der beherrscht die Welt.«

»Natürlich.«

Wer will das nicht, denkt der Chef des deutschen Geheimdienstes.

Wer will das im Ernst tatsächlich wollen, die Welt beherrschen: du lieber Gott.

Denkt der Chef der Bundesrepublik Deutschland, das jedenfalls ist er auf dem Stück Papier, das sich Verfassung nennt.

»Der Russe«, sagt Mondrian, »ist genau so dahinter her wie der Amerikaner.«

Fremde Heere Ost, denkt der Kanzler.

»Sorgen Sie dafür mein Lieber, dieses Dorinten-Dingsbums gehört aus dem Verkehr gezogen. Je eher desto besser. Wir lassen uns doch nicht den Spaß verderben.« Mondrian schaut kühl drein, kühl und leer wie ein Behördenparkplatz am Freitagnachmittag, dem vorm Heldengedenktag.

»Dies ist ein dienstlicher Auftrag.«

General Mondrian schaut weiter fassungslos drein.

»Führerbefehl«, schnauzt ihn sein Kanzler an. Schon überzieht das Verstehen die soldatischen Züge des Herrn Dr. Mondrian. In seiner Dissertation hatte er Gehlens These bewiesen, nach der Martin Borman Stalins *Sleeper* war. Beweisen nämlich lässt sich alles, so lange man wissenschaftlich bleibt.

»Übermitteln Sie das gefälligst Ihrem Herrn Sohn. Aber subito.« Italienisch kann der Kanzler leidlich. Er ist Stammgast in einem italienischen Spezialitätenrestaurant. Steht wenigstens draußen dran. Spezialitätenrestaurant. Der Kanzler ist mit einem mundartlichen Handicap aufgewachsen. Er hat kein *ch* aussprechen können, er hat immer statt dessen *sch* sagen müssen. Kirsche statt Kirche. Also – »aus unserm Sohn wird was« – hat er lernen müssen, statt *sch* ein *ch* zu sagen. Also isst er *italienich*. Der Kanzler kennt den Preis des Fortschritts, er ist ein Fachmann, was die Dialektik der Aufklärung betrifft.

Kirche statt Kirsche.

Merkwürdick, denkt Mondrian.

Merkwürdig, dass der Kanzler nicht wissen will, worum es sich eigentlich bei diesem Dorinten-Projekt handelt, das, nebenbei gesagt, von einer Lebensversicherung ins Leben gerufen und finanziert worden ist. Zumal der Kanzler ihn ausdrücklich zu sich einbestellt hatte, in der Hoffnung, er werde etwas darüber erfahren, wie man mit Hilfe eines einfachen Knopfdruckes in die Zukunft reisen könne.

Will denn niemand mehr in Bonn die Gegenwart gestalten.

Der Kanzler hat den Raum verlassen, nicht ohne noch zuvor eine Rückmeldung im Falle des Erfolges angemahnt zu haben. Die Gefühle des Herrn Mondrian sind als gemischt zu bezeichnen. Gestern noch hat er aus Dollerup eine Eilmeldung erhalten, derzufolge der eiserne Schlüssel zum Dorinten-Geheimnis eine – wortwörtlich – Jungfrau sei. Dabei kann es sich allein um die Dame Lillian handeln, der er seinen Sohn zu gerne auf die Spur schicken würde, würde er nur ahnen, wo sich die beiden zur Zeit aufhalten. Die Dolleruper Quelle hatte zudem nicht ausschließen wollen, das gesamte Projekt sei, möglicherweise, noch nicht ausgereift, also von Schaden und Missbrauch bedroht. Und zwar dergestalt dass in Erwägung zu ziehen sei, den Apparat den Russen in die Hände zu spielen.

Nicht auszudenken, da drückt Junkie Schmidt auf den bewussten Knopf, und das Ganze outet sich als Flop. Über diese Nebenwirkungen wird kein Arzt oder Trompeter je Auskunft geben können.

Er ahnt bestimmt, seinen Sohn wird er nie nie wieder sehen, wohl aber den Dr. Schmidt. Es gibt Ahndungen, die trügen nicht, und keine der beiden kann ihn froh stimmen.

Anlässlich der Amtseinführung des neuen Chefs des Bundesnachrichtendienstes, des Dr. Schmidt, wird sich im nächsten Jahr einmal mehr der Satz als schmerzlich zutreffend erweisen, nach dem Vorgänger Schlamper, Nachfolger Usurpatoren sind.

Zeit: Ende September 1941.
Ort: Die Wohnung des Dr. Sorge im Tokioter Wohnbezirk Azabu ist von der nahegelegenen Toriisake Polizeistation leicht einzusehen. Die Polizisten haben noch vor wenigen Tagen Sorges japanische Dauerfreundin Hanako einbestellt und ihr barsch mitgeteilt, man habe ihren weißen Arsch beobachtet, während er auf und nieder gehüpft sei, vermutlich auf *Gajin* Sorge. Der wohnt hier seit Dezember 1933, er ist hier eingezogen, nachdem er fast genau ein Vierteljahr vorher mit einem Dampfer der *Canadian-Pacific-Line* in Yokohama eingetroffen war, aus Vancouver kommend. Delikaterweise trug sein Schiff den Namen *Empress of Russia.*
Gast: Die deutsche Cembalistin Eta Harich-Schneider. Sorges allerletzte Geliebte in diesem seinen Leben. Was er nicht wissen, wohl aber mächtig ahnen kann. Er war es, erzählt er der Musikerin, der die friedliebende Sowjetunion vor dem Überfall der Nazis rechtzeitig gewarnt hat. Er hat schlüssige Informationen geliefert, die belegen, die Japaner würden nun nicht auch noch über die Sowjetunion herfallen (sie haben sich statt dessen in Richtung Singapur verpieselt); er hat seinem Auftraggeber, dem Land seiner Träume, auf-

richtig gedient, nur dass er zur Zeit vieles will, nur nicht dorthin zurück. Ins Vaterland der Werktätigen.

Beide haben dem erhitzten Sake zugesprochen. Dr. Sorges Stimme wird lauter. »Wenn jemand«, ruft er, nun schon angetrunken, »wenn irgend jemand auf der Welt Hitler vernichtet, dann,« kräht er in Richtung Toriisake, »dann bin ich es. Immer nur ich.« Frau Eta Harich-Schneider versucht den Aufgeregten zu beruhigen. Nach dem Suff ist, weiß sie, der Sex Dr. Sorges zweitliebste Beschäftigung. Es sei denn er rettet gerade die Welt. Agent Sorge ist heute Abend aber nicht zu bremsen, jedenfalls nicht mit den Frau Eta Harich-Schneider zur Verfügung stehenden Möglichkeiten. »Man wird nach mir Schulen benennen«, schreit Sorge, nun sturzbesoffen, »man wird mir Denkmäler errichten.«

Jetzt ist er definitiv durchgeknallt, weiß Frau Eta Harich-Schneider. Aber endgültig.

»Sie haben noch 26 Seiten.« – »Der nun wieder.« Denkt er. Er, der auf dem Eis sitzt und nicht ahnt, ahnen kann, wie dick es ist. Er hat ein Ziel, seine Seiten sind gezählt, das motiviert ihn nicht. Draußen erschallen Kommandorufe, man hört einen Panzer den Berg heraufrasseln.

»Wer wenn nicht Sie kann uns noch retten.« Sagt sie.

Und: »Nun tun Sie doch endlich was«, sagt die Frau und bemerkt nicht, dass diese Art Satz allein zuständig ist für einen Ehemann, den man aber gemeinhin nicht siezt. Sie reicht ihm eine Pistole. Es ist, sieht er auf einen Blick, eine Sig Sauer P226.

Jerry Cottons Lieblingswaffe. »Sie versteht mich nicht«, denkt er und tiefe Trauer erfüllt sein Männerherz. »Ich bin«, sagt er zu ihr, »kein Handelnder, ich bin ein Sucher. Diese Waffe hier, sie wird mich dem Gral nicht näher bringen. Was jetzt da draußen immer drohen mag, für mich ist es keine Herausforderung, es ist eine Prüfung, die erste all jener Prüfungen, die noch auf mich warten. Die mich läutern sollen, mich läutern werden. Mein Teil ist es, stoisch auszuharren, und abzuwarten, was mir mein Urheber zugedacht hat.«

»Erkenne dich selbst«, sagt sie. Und hat ihn zum erstenmal geduzt.

»Kunststück«, sagt er. »Was Sie nie begreifen werden, ich bin die Ursache. Ich bin nicht gekommen um Gefahren abzuwehren, die Gefahren sind es, die meinetwegen warten.«

»Sie sind auf dem falschen Dampfer, mein Herr.« Sie nun ganz bestimmt.

Ihre Geduld ist spürbar am Ende. »Glauben Sie ja nicht, Sie seien Parzival.«
»Wilhelm Meister«, bietet er an, »Urfassung.«
»Sie sind«, stellt sie fest, »kein Suchender. Das immerhin haben Sie mit dem Herrn Meister gemein. Ich aber sage Ihnen: Sie sind, wenn es denn hoch kommt, der Typ Metamorphose.«

Metamorphose. Damit hat sie sich ihr Stichwort selbst gegeben. Sie erhebt sich, strebt mit wippendem Rock der Eisernen Jungfrau zu, die sie mit einem routinierten Ruck öffnet. Die Eisenspitzen leuchten in der Dunkelheit wie magisch auf, jemand muss die geputzt und eingefettet haben. Männer schaffen Frauen. Lillian steigt graziös dem Mädel in den Leib, fasst die Innengriffe der Türen und zieht die zu sich heran, bis die Jungfrau wieder mürrisch und unzugänglich wirkt, von außen. Dumpf war, wie von Geisterhand gesteuert, die Tür zugefallen. Was immer in diesem Augenblick das Opfer von sich gibt, nichts davon wird nach draußen dringen können.
Und das ist gut so.
Es hat augenblicklich zu zischen und zu schwurbeln begonnen, es werden jene Geräusche und Gerüche entfaltet, die wir anlässlich der vorangegangenen Aktion der noch nicht perfekt konstruierten Zeitmaschine namens Dorint haben kennen lernen dürfen. Unser Agent ist jedenfalls schon jenseits dieser Mauern, während die Italiener Blendgranaten von sich geben, wild in die Luft schießend, live im Fernsehen das Kastell stürmen.

Jahrzehnte später wird Frau Harich-Schneider einem Historiker das Ende ihres letztes Besäufnisses mit dem Meisteragenten berichten. In diesem Augenblick, als sie das Wort *Denkmäler* gehört habe, sei ihr ihr Geliebter plötzlich unglaublich fremd geworden. So, als ob jemand anderes von ihm Besitz ergriffen habe. Ein regelrechter Geist, wenn Sie verstehen, was ich meine. Richard habe nur noch diesen einen, diesen letzten Satz zu ihr gesagt, oder, besser, nicht zu ihr. Persönlich. Sie sei nämlich nur noch anwesend gewesen. Dr. Sorges letzter Satz, im eigentlichen Sinne sein Vermächtnis, habe allein der Nachwelt gegolten:
»Die Zukunft ist pedantisch abstrakt.«

Ein schadhafter Mechanismus, vor dem niemand niemanden gewarnt hatte, hat den Agenten fast ein halbes Jahrhundert zurückgeworfen. Nämlich in den Fer-

nen Osten. Nie wird er Dame Lillian wiedertreffen, sie tritt in diesem Augenblick ihre Planstelle als Mata Hari an. Während das Monstrum sich das Fell leckt. Gleich wird er um die nächste Eisecke trotten und Reinhold Messner als Yeti beglücken, und das nicht nur intellektuell.
Eine Stunde später ist sich Herr Capitavolente sehr sicher, dies ist sein letztes Telefongespräch in seiner Funktion als Superkapo des italienischen Geheimdienstes. Er weiß, er hat – wieder einmal – grässlich versagt. Nichts hat er wirklich im Griff gehabt. Am andern Ende der Leitung ist der Herr Staatspräsident, und der ist ungehalten. Zu Recht. Der deutsche Agent habe sich, rapportiert der Capo seinem Capo, in Luft aufgelöst. »Dieser Hundesohn.« Fügt er hinzu, der zu diesem Zeitpunkt nicht ahnen kann, dass seine Aktion doch als Erfolg zu bezeichnen ist, im Sinne seines ursprünglichen Auftrags nämlich. Schaden vom italienischen Volke fern zu halten.

Die Zukunft ist pedantisch vernebelt.« Bricht es – tatsächlich wortwörtlich – aus mir heraus. Mir schwant, dies ist so etwas wie mein Vermächtnis. Du lieber Gott.

Stalin wird es mir nie verzeihen. Man wird mich, kaum dass ich das Vaterland der Werktätigen betreten habe, erst verhaften und dann hinrichten lassen. Als Trotzkist, als Bucharinist, es nimmt sich nichts.

Meine Landsleute, die Deutschen werden mich als Spion hinrichten, und, wenn das nicht langt, als Kommunisten.

Die Japaner werden mich als Landesverräter aufhängen. Aber sie werden mir vorher einen Prozess machen. Allein dies spricht für sie. Ich werde dafür Sorge tragen müssen, dass es die Japaner sind, die mich verhaften, ich werde eine sichre Spur legen. Die zu mir führt. Dem einzigen, der Hitler vernichten konnte.

Ich habe, auf meinem kurzen, ernüchternden Trip in die Zukunft, mein Denkmal gesehen, in Moskau errichtet. Dort trete ich aus einer Wand heraus, ich, der Held der Sowjetunion, hinterlasse in dieser Wand eine Lücke, meine Silhouette, die mich vollends ersetzt.

Als Held des Proletariates habe ich die Pflicht. Der Nachwelt die Geschichte meiner kompletten Taten zu erzählen. Es gibt keinen Ort auf dieser Welt, der mein Vermächtnis sicherer bewahren wird als das Archiv eines kaiserlich japanischen Staatsgerichtes. Mal abgesehen von Fort Knox. Aber das ist außer meiner Reichweite. Da käme nicht mal Hitler rein. Und auch nicht der Genosse Josef Stalin.

Jürgen Peters lebt und schreibt in Hamburg

DER ILLUSTRATOR VICENTE SEGRELLES

Die meisten Cover der im Pabel-Verlag erschienenen »Mister Dynamit«-Bände wurden von Firuz Askin gestaltet. Eine Biographie dieses Künstlers finden Sie in C. H. Guenters Südtirol-Thriller »Die Hure von Tirol«.

Immer wieder wurde auch der spanische Künstler Vicente Segrelles zur Gestaltung der Titelbilder herangezogen. Von ihm stammen besonders realistische, detailreiche Entwürfe.

Wer ist Vicente Segrelles?

Wir haben ihn in Spanien aufgestöbert, er ist mittlerweile 64 Jahre alt und voll Tatendrang. Er arbeitet in einem kleinen Ort am Meer, etwa 50 km von Barcelona entfernt, an seinen graphischen Romanen, wie »Der Söldner«, und hat 1998 von Öltechnik auf Computer umgestellt. Das heißt, er kreiert seine naturnahen Bilder ausschließlich digital.

Vicente Segrelles wurde 1940 in Barcelona geboren. Sein Großvater, José Segrelles, war ein bekannter Illustrator und Maler. Bald zeigten sich auch beim Enkelsohn Talent und Interesse am Illustrieren.

Mit vierzehn trat Segrelles in die Technische Lehranstalt der ENASA ein, des spanischen LKW-Produzenten, wo er eine profunde technische Ausbildung erhielt und erste Schritte im technischen Zeichnen machte.

Vicente Segrelles und »Der Söldner«

Sein Talent wurde erkannt, und Segrelles begann für die Firma Kataloge und Gebrauchsanweisungen zu entwerfen.

Seine Freizeit nützte Segrelles, um sein Können in der Kunst der Illustration weiter zu entwickeln.

1960 illustrierte er Homers »Ilias und Odyssee« für einen spanischen Verlag.

Mit 23 verließ er die Firma ENESA und begann als Illustrator zu arbeiten. Er fertigte Zeichnungen für Nachschlagewerke an, sein besonderes Interesse galt Erfindungen, Flugzeugen, Waffen – eine Leidenschaft, die er mit seinem Vater teilte.

Über die spanische Agentur »Norma« arbeitete er als Illustrator für Buchtitel auf der ganzen Welt.

Auf diese Weise kam es auch zur

Zusammenarbeit mit dem Erich-Pabel-Verlag und seiner Tätigkeit für »Mister Dynamit«.

C. H. Guenter hatte genaue Vorstellungen, wie das Cover für einen »Mister Dynamit« aussehen sollte, und er erstellte mit Fotomontagen und Strichzeichnungen einen Entwurf, den der Illustrator ausbaute. Die vorherrschende Farbe der Covers war Rot.

Segrelles arbeitete auch für die wichtigsten Verlage der USA.

1980 begann er seine Comic-Serie »Der Söldner«, die sogar die Aufmerksamkeit des italienischen Regisseurs Fellini erregte.

In den 90er Jahren des 20. Jahrhunderts beschloss er seine Karriere als Maler von Titelbildern und widmet sich seither ausschließlich der Produktion eigener Comics. Zuerst, wie gesagt, in aufwendiger Öltechnik, bis er auf Computerzeichnen umstieg.

Segrelles, mittlerweile ohne finanzielle Sorgen, hat auch Zeit für seine Hobbys. Er bastelt detailgetreue Modelle von Schiffen und Flugzeugen. Besonders stolz ist er auf ein Aluminiummodell der *Messerschmidt 109*.

Josef Preyer

Vicente Segrelles
Mister Dynamit
Südkap-Express

OERINDUR VERLAG

J. J. PREYER

DIE NEUN HÄUPTER DER HYDRA

EIN FREIMAURER KRIMINALROMAN

Mit dem Sonderteil: Geheimnisse der Freimaurer

ISBN 3-902291-17-6